Alice au royaume de Cœur

1

QuinRose X Soumei HOSHINO

Alice au royaume de Cœur

1

SOMMAIRE

TU SAIS QUOI ?
TOUT JEU A SES PROPRES RÈGLES...
DES PRINCIPES QUI SONT FIXÉS DÈS LE DÉBUT...
FSSH
ス
D'ACCORD, JE VAIS T'AIDER !
JE T'EN SUPPLIE...
VOILÀ...
LA LIAISON EST ÉTABLIE !
ÇA Y EST, TU AS COMPRIS ?

♥ 1 Welcome to Wonderland

CE...
LICE...
ALICE !

OUAAAH...
J'AI BIEN DORMI...
TING
JE M'APPELLE ALICE LIDDELL...
MAIS J'AI UN PEU MAL À LA TÊTE...
VOICI MA SŒUR, LORINA LIDDELL...
VOYONS, ALICE...
QUELLE IDÉE SAUGRENUE DE FAIRE LA SIESTE SUR L'HERBE FRAÎCHE !
JE PASSE MES DIMANCHES APRÈS-MIDI AVEC ELLE.
TU MURMURAIS DES PAROLES INCOMPRÉHENSIBLES ...
TU ÉTAIS EN TRAIN DE RÊVER ?
UN RÊVE... C'EST VRAI, JE RÊVAIS...
OUI...
C'ÉTAIT UN SONGE TRÈS ÉTRANGE, D'AILLEURS...

EH BIEN, ALICE, TU EN FAIS UNE TÊTE !
ÇA PARLAIT DE JEU ...
ET DE RÈGLES...
UN JEU ? ÇA DEVAIT ÊTRE AMUSANT, ALORS !
TOI ALORS ...
TU ES VRAI-MENT UNE DRÔLE DE FILLE !
LORINA EST TELLEMENT ÉLÉGANTE...
ELLE PORTE SI BIEN LES VÊTEMENTS EN DENTELLE... ALORS QUE MOI, ÇA NE ME VA PAS DU TOUT !

ELLE EST BIEN TROP RAFFINÉE POUR S'EN-DORMIR DANS LE JARDIN, ELLE !
BELLE, DOUCE ET INTELLIGENTE...
C'EST UNE VRAIE LADY...
TOUT CE QUE JE NE SUIS PAS...
JE SUIS SÛRE QUE TOUS LES GARÇONS ONT UN FAIBLE POUR CE GENRE DE FEMME...
OUI, TOUS...
TING
ズキ...!

CRR
AU FAIT, LORINA...
QU'EST-CE QUE TU LIS, AUJOURD'HUI ?
AH, ÇA ?
OUI...
ENCORE UN TRAITÉ DE PSYCHOLOGIE ?
EN QUELQUE SORTE...
MAIS CE N'EST PAS LE SUJET PRINCIPAL !
?
CETTE ŒUVRE EST À MI-CHEMIN ENTRE LE ROMAN ET LE CONTE POUR ENFANTS...

C'EST L'HISTOIRE...
D'UNE PETITE FILLE QUI, EN SUIVANT UN LAPIN BLANC, SE RETROUVE PERDUE DANS UN PAYS MERVEILLEUX...
ET LÀ-BAS...
LA SUITE NE M'INTÉRESSE PAS !
RACONTE-MOI JUSTE LA FIN...
JE VEUX SAVOIR COMMENT ÇA SE TERMINE.
TU NE CHANGERAS JAMAIS...
À LA FIN, LA FILLETTE EST CONVOQUÉE AU TRIBUNAL PAR LA REINE DU PAYS DES MERVEILLES ET MENACÉE DE MORT...
ALORS ELLE ESSAIE DE SE DÉFENDRE...
ET LÀ, ELLE SE RÉVEILLE !
AH BON ? C'ÉTAIT UN RÊVE, EN FAIT ?
EH OUI, ON SE RETROUVE AU POINT DE DÉPART...
ET PUIS ?
ELLE SE RÉVEILLE, ET C'EST TOUT ?
C'EST TOUT, OUI !

JE NE CROIS PAS QUE CETTE HISTOIRE SOIT FAITE POUR MOI...
AH... DOM-MAGE !
...
DIS-MOI...
ÇA TE DIRAIT, UNE PARTIE ?
QUOI, UN JEU ?
OUI, C'ÉTAIT DANS TON RÊVE...
C'EST QUE TU EN AVAIS ENVIE !
PAS VRAI-MENT...
QU'EST-CE QUE TU PRÉFÈRES, UN JEU DE SOCIÉTÉ...
OU UN JEU DE CARTES, TOUT SIMPLE-MENT ?
BOBOM

DE CARTES ?
OUI, IL LE FAUT...
IL FAUT QUE JE JOUE AUX CARTES ...
BONNE IDÉE...
JOUONS AUX CARTES...
PUISQUE C'EST LA RÈGLE !
?
QU'EST-CE QUE TU RACONTES, ALICE ?
HEIN ?

TU DORS ENCORE À MOITIÉ, MA PAROLE !
JE VAIS CHERCHER LE PAQUET ...
JE REVIENS TOUT DE SUITE, TÂCHE DE NE PAS TE REN-DORMIR !
D'AC-CORD...
QU'EST-CE QUE JE VIENS DE DIRE ?
...
FLOP
BIZARRE...
HMM...
J'AI ENCORE SOMMEIL...
IL FAIT TELLEMENT BEAU...

JE VAIS FAIRE UN PETIT SOMME...
DÉSOLÉE, LORINA...
FRRSH
TIENS...
?
!
UN LAPIN...
EN VESTON ?!

IL S'AP-
PROCHE...
すぅ…
FSSH
JE RÊVE ENCORE ?
DIS DONC ! TU ES CENSÉE ME POURSUI-VRE !
?!
QU'EST-CE QUE TU ATTENDS ?! TU N'AS PAS ENVIE DE ME COURIR APRÈS ?
...
C'EST LA MEILLEURE !
VOILÀ QU'IL PARLE, MAINTENANT !
JE DOIS ÊTRE BIEN FATIGUÉE...
POUR FAIRE UN RÊVE AUSSI CURIEUX !
JE VAIS FAIRE COMME SI JE N'AVAIS RIEN VU...

TU NE ME LAISSES PAS LE CHOIX !
FLAP
MAIS...
AAAAH !
ÉVITE DE ME CRIER DANS LES OREILLES, JE TE PRIE !

QUI ES-TU ?!
POSE-MOI PAR TERRE ! TOUT DE SUITE !
PAS QUESTION !
TAP
TAP
TAP
TAP
TAP
JE TE POSERAI UNE FOIS QU'ON SERA ARRIVÉS !
ON VA ENTRER DANS CE TROU...
QUOI ?!
COMMENT ÇA SE FAIT QU'IL Y AIT UN SI GRAND TROU AU BEAU MILIEU DE NOTRE JARDIN ?!
VA SAVOIR !

MAIS MOI...
QUAND JE VOIS UN TERRIER, JE SAUTE DEDANS !
NON !

AU SECOURS ! JE TOMBE !
JE NE VEUX PAS...
MOURIR COMME ÇA !!
COMMENT ?
TU NE VEUX PAS ARRIVER EN BAS ?
JE COMPRENDS...
TU AIMES ÇA, TOMBER ?
QU'EST-CE QUE TU RACONTES ?!
C'EST VRAI QUE C'EST AGRÉABLE, DE CHUTER DANS LE VIDE !

ET À TES CÔTÉS, C'EST ENCORE PLUS GRISANT !
JE NE VAIS PLUS POUVOIR M'EN PASSER...
MAIS ON NE PEUT PAS TOMBER COMME ÇA INDÉFINIMENT...
OH NON !
JE N'AI AUCUNE ENVIE D'ATTEINDRE LE FOND DE CE GOUFFRE !
VOILÀ !
ON ARRIVE !
C'EST LA FIN !!

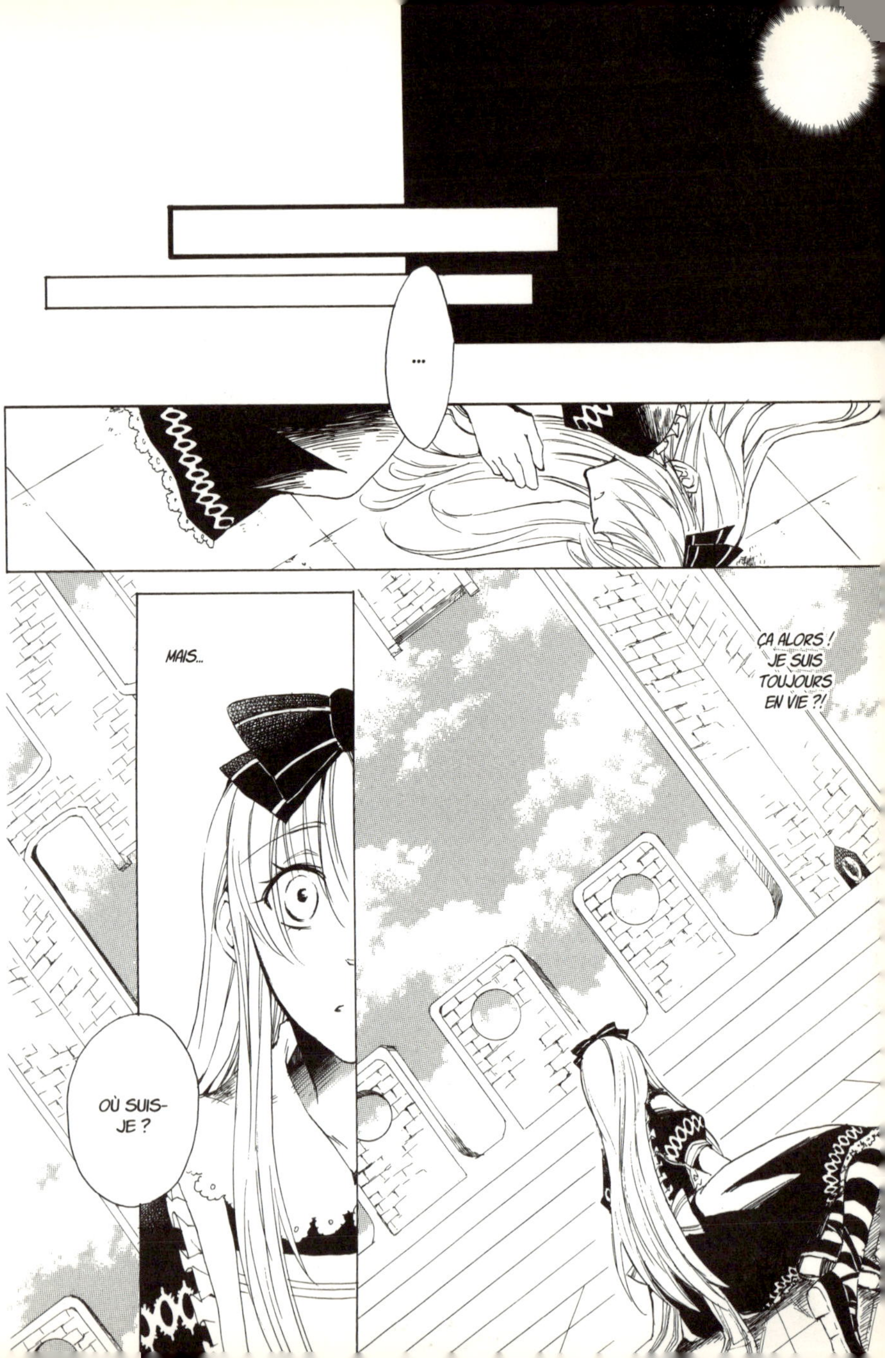
...
ÇA ALORS ! JE SUIS TOUJOURS EN VIE ?!
MAIS...
OÙ SUIS-JE ?

NOUS SOMMES ...
AU PAYS DES MER-VEILLES !
AU PAYS DES MER-VEILLES ?
EH OUI !
FSSH
ス...

BIENVENUE À WONDERLAND...

ALICE !

C'EST LA PREMIÈRE FOIS QUE J'ENTENDS PARLER D'UN ENDROIT APPELÉ COMME ÇA...
ET D'AILLEURS ...
COMMENT CONNAIS-TU MON NOM ?!
MAIS C'EST ÉVIDENT !
C'EST PARCE QUE JE T'AIME !
UN MANIAQUE ?
IL PORTE DES OREILLES DE LAPIN ET IL M'A ENLEVÉE... AUCUN DOUTE, C'EST UN DÉTRAQUÉ !
RAMÈNE-MOI À LA MAISON !
IMPOSSIBLE...
ÉCOUTE PLUTÔT !
FAIS-MOI PLAISIR ...
ET BOIS CETTE POTION !

JAMAIS DE LA VIE !
LE FLACON EST TROP LOUCHE !
C'EST ENNUYEUX ...
NE...
NE T'APPROCHE PAS DE MOI !
QU'EST-CE QUE TU CROIS ?!
JE NE SAIS MÊME PAS QUI TU ES, ET TU VOUDRAIS ME FAIRE AVALER N'IMPORTE QUOI ?!
LA PEUR ME PARALYSE, JE N'ARRIVE PAS À ME LEVER...
ずいっ
ZIP
ALORS COMME ÇA, TU VEUX SAVOIR COMMENT JE M'APPELLE ?
HO HOOO !!

ÇA VEUT DIRE QUE TU ES TOMBÉE AMOUREUSE DE MOI !
HEIN ?
BIEN SÛR QUE NON ! QU'EST-CE QUE TU T'IMAGINES ?!
...
TU ES BIEN CATÉGORIQUE...
HMM...
JE VOIS...
ÇA NE VA PAS ÊTRE AUSSI FACILE QUE PRÉVU...
POP
MAIS C'EST CE QUI PIMENTE LE JEU !

LE JEU ?! QUEL JEU ?!
TING
TU SAIS QUOI ?
TOUT JEU A SES PROPRES RÈGLES...
DES PRINCIPES QUI SONT FIXÉS DÈS LE DÉBUT...
AH !

GRIP
!!
GLOUPS
IL ME FORCE
À BOIRE ?!

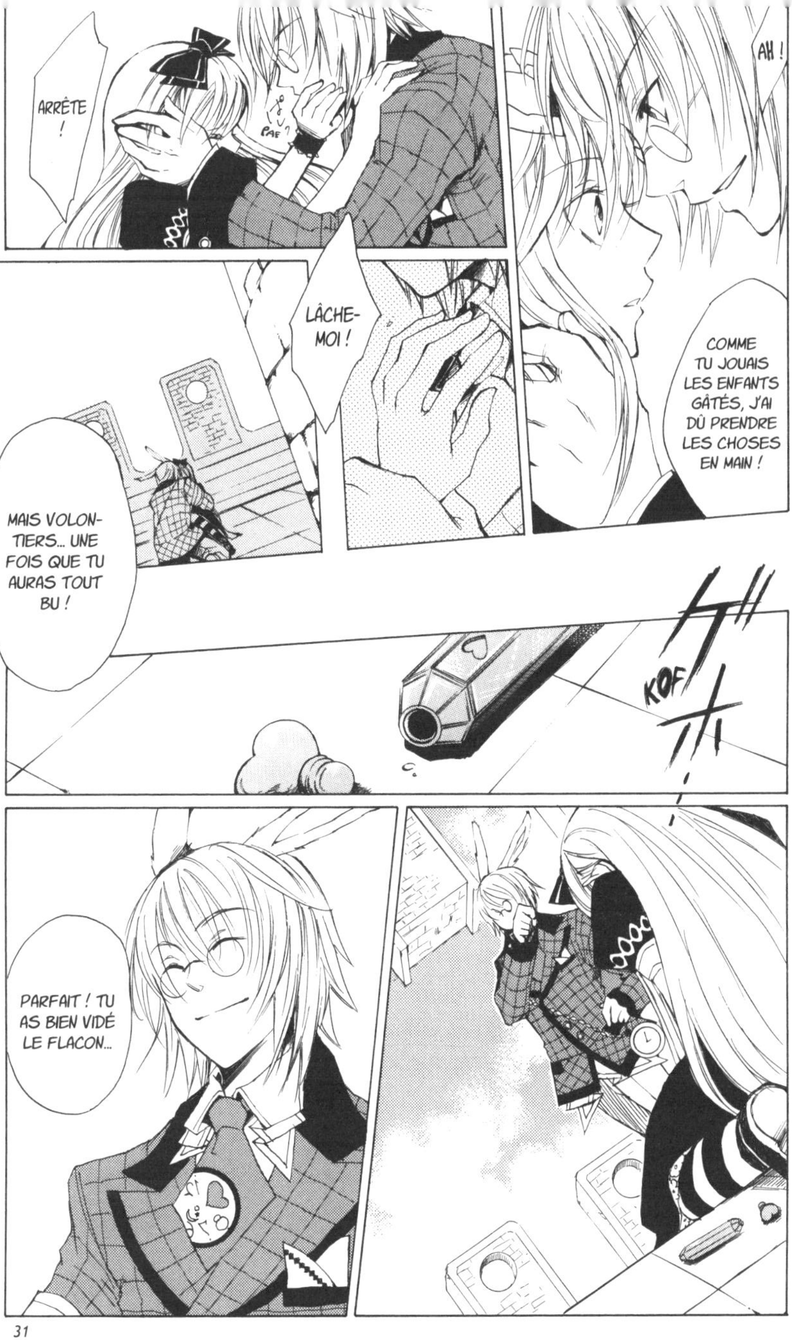

AH !
ARRÊTE !
PAF
COMME TU JOUAIS LES ENFANTS GÂTÉS, J'AI DÛ PRENDRE LES CHOSES EN MAIN !
LÂCHE-MOI !
MAIS VOLONTIERS... UNE FOIS QUE TU AURAS TOUT BU !
KOF
PARFAIT ! TU AS BIEN VIDÉ LE FLACON...

C'ÉTAIT LA POTION DE CŒUR...
TOUS CEUX QUI LA BOIVENT DOIVENT PARTICIPER AU JEU !
AU FAIT, JE M'APPELLE PETER...
PETER WHITE !
MAINTENANT, LA PARTIE PEUT COMMENCER, ALICE !
À BIENTÔT !
TAP
TAP
TAP
TAP
TAP
TAP
TAP

IL M'A EMBRAS-SÉE...
CE SALE TYPE M'A EMBRAS-SÉE...
JE N'OUBLIERAI JAMAIS CETTE SENSATION ATROCE...
LE SALE PERVERS !
GRR...
ET PUIS D'ABORD ...
CE N'ÉTAIT MÊME PAS UN VRAI BAISER !
TIC
QUELLE SALETÉ IL M'A FAIT BOIRE ?!
JE VAIS LE RATTRAPER ET LUI COLLER UN BON COUP DE POING DANS LA FIGURE !

HAN
HAN
PAR RÉFLEXE, J'AI COURU DROIT DEVANT MOI, MAIS J'IGNORE COMPLÈTEMENT OÙ JE SUIS...
HAN
IL Y A UN GRAND MANOIR...
JE VAIS INTERROGER SON PROPRIÉTAIRE...
IL POURRA CERTAINEMENT M'ÉCLAIRER... APRÈS TOUT, UN OBSÉDÉ AVEC DES OREILLES DE LAPIN, C'EST SÛREMENT LA CÉLÉBRITÉ LOCALE !

LE PORTAIL EST IMMENSE...
MAIS IL N'Y A PAS UN SEUL GARDIEN...
JE ME DEMANDE SI JE PEUX ENTRER...
MAM-ZELLE !
QUE VIENS-TU FAIRE ICI ?
EUH...
JE VOUDRAIS POSER UNE QUESTION AU...

NOUS SOMMES LES GARDES DU MANOIR !
NOTRE MISSION EST D'ÉLIMINER TOUS LES INTRUS QUI S'EN APPRO-CHENT !
TU N'AS PAS L'AIR MAUVAISE...
MAIS ON NE PEUT PAS SE FIER AUX APPAREN-CES !
MAIS NON, JE...
NE T'IN-QUIÈTE PAS !
ÇA NE FERA PAS MAL !
PAS VRAI, FRÉ-ROT ?
PAROLE D'HON-NEUR !
ON VA MÊME ABRÉGER SES SOUF-FRANCES GRATUITE-MENT !
À TON SERVICE, MAMZELLE !

EH, LES GARDES !
À QUOI VOUS JOUEZ ?!
OUF, VOILÀ LE PROPRIÉTAIRE...
GRAT GRAT
LUI AUSSI, IL A DES OREILLES DE LAPIN !
VOUS AVEZ ENCORE ÉCHANGÉ VOS UNIFORMES ?
SI ÇA VOUS AMUSE...
SINON, ÇA VA ÊTRE RETENU SUR NOTRE SALAIRE !
LAISSE-NOUS FAIRE NOTRE BOULOT, SALE LAPINOU !
IL NE VOUS EST PAS VENU À L'ESPRIT QUE CETTE FILLE...
ÉTAIT PEUT-ÊTRE UNE INVITÉE ?
VOUS NE MANQUEZ PAS DE CULOT, DE DIRE ÇA ALORS QU'IL Y A UN INSTANT...
VOUS N'ÉTIEZ MÊME PAS À VOTRE POSTE !

ET TOI, AU FAIT, TU ES VRAIMENT UNE INVITÉE ? OU BIEN UNE ENNEMIE ?
EUH... JE...
HMM...
PEU IMPORTE !
QUOI ?
ガチャ CLAC
JE M'EN CHARGE, LES GARÇONS !
J'AVAIS JUSTEMENT TRÈS ENVIE DE TESTER MON NOUVEAU JOUJOU !
UN PISTOLET ?
POURQUOI POINTENT-ILS TOUS LEUR ARME SUR MOI ?
CLIC
IL VA TIRER !!

BLAM
ÇA SUFFIT, VOUS AUTRES !
BLOOD...
JE VOUS AI POURTANT INTERDIT DE TUER QUICONQUE SUR MON TERRITOIRE SANS MA PERMISSION !
IL M'A SAUVÉE ?
EUH...
MERCI...

PAS DE QUOI, MA BELLE !
BOM
TAP
EH !
ATTENDS !!

QUELLE MOUCHE L'A PIQUÉE ?
TU PARLES D'UNE FAÇON DE TE REMERCIER !
CETTE JEUNE FILLE EST UNE ÉTRANGÈRE...
UNE ÉTRANGÈRE ?!
POUR DE VRAI ?!
EH OUI...
HAN
HAN
HAN
TRÈS INTÉRESSANT...
JE ME SUIS ENFUIE PAR RÉFLEXE...
PAS DE QUOI, MA BELLE !
ALICE...
DU CALME ! CE N'ÉTAIT PAS LUI...

IL FAIT DÉJÀ NUIT ?
LE JOUR A BAISSÉ D'UN COUP...
FINALEMENT, JE SUIS REVENUE SUR MES PAS...
TIENS ?
IL Y A QUELQU'UN...
QUI VA LÀ ?!
GLOUPS
EUH... BONSOIR !
QUE FAIS-TU LÀ ?!
VA-T'EN !

VEUILLEZ M'EXCUSER D'ÊTRE ENTRÉE CHEZ VOUS SANS PERMISSION...
MAIS J'AI ÉTÉ ENLEVÉE PAR UN DÉNOMMÉ PETER...
JE M'EN MOQUE, SORS D'ICI !!
TOUT DE SUITE !!
AÏE !
DITES DONC !
VOUS ME DEMANDEZ DE RENTRER CHEZ MOI...
MAIS JE NE SAIS MÊME PAS QUEL CHEMIN EMPRUNTER !
J'EN AI ASSEZ !
ON ME KIDNAPPE, ON ME FAIT TOMBER DANS UN TROU...
ON M'OBLIGE À BOIRE UNE DRÔLE DE POTION, ON TENTE DE ME TUER, ET POUR COURONNER LE TOUT...
UNE POTION ?!

OUI... ELLE ÉTAIT DANS CE FLACON ...
MAL-HEUR !
ÇA VEUT DIRE QUE TU ES UNE ÉTRAN-GÈRE !
COMMENT ÇA ?
LE "PETER" DONT TU PARLES, C'EST PETER WHITE ?
OUI, C'EST BIEN LUI...
IL A RAMENÉ UNE CLAN-DESTINE SANS MON ACCORD !
TSS...
MAUDIT LAPIN !
BON, JE VAIS T'EX-PLIQUER CE QUI SE PASSE...
SUIS-MOI !

JE SUIS JULIUS MONREY, LE MAÎTRE DE L'HORLOGE...
ET TOI, ALICE LIDDELL...
TU N'APPARTIENS PAS À CE MONDE : TU ES UNE ÉTRANGÈRE !
NORMALEMENT, LES GENS COMME TOI VIENNENT ICI PARCE QU'ILS L'ONT SOUHAITÉ...
MAIS JE N'AI RIEN DEMANDÉ, MOI !
EN EFFET, C'EST LÀ QUE LE BÂT BLESSE...
TU DIS AVOIR ÉTÉ AMENÉE DE FORCE...
CE PAYS EST ASSEZ DANGEREUX, IL SERAIT IMPRUDENT DE T'Y PROMENER SANS RIEN SAVOIR...
D'APRÈS CE QUE J'AI COMPRIS...
TU T'ES RETROUVÉE SUR LE TERRITOIRE DU CHAPELIER, OÙ TU ES TOMBÉE NEZ À NEZ AVEC...
ELLIOT MARCH ET LES BLOODY TWINS...
CES AGITÉS BRANDISSENT LEUR ARME À LA MOINDRE OCCASION !
TU AS DE LA CHANCE D'ÊTRE ENCORE EN VIE !

JE NE SAIS PAS SI ON PEUT PARLER DE CHANCE...
AU MOMENT OÙ J'ALLAIS ME FAIRE TUER...
UN CERTAIN BLOOD LEUR A ORDONNÉ D'ARRÊTER !
BLOOD DUPRÉ ?
C'EST LE CHEF DE LA PÈGRE LOCALE !
DE LA PÈGRE ?!
TU AS BIEN ENTENDU...
ILS FONT PARTIE D'UN CLAN MAFIEUX CONNU SOUS LE NOM DE CHAPELIER FAMILY...
BLOOD DUPRÉ EST À LEUR TÊTE...
JE ME SUIS ENFUIE TOUT DE SUITE APRÈS...
IL LEUR A DIT QUELQUE CHOSE DU GENRE : "IL EST INTERDIT DE TUER SANS MA PERMISSION..."
S'IL LEUR EN AVAIT DONNÉ L'ORDRE, ILS T'AURAIENT SUPPRIMÉE SANS HÉSITER !
...
CE SONT DES FOUS...
FUIS-LES COMME LA PESTE !
JE VAIS TE DÉCRIRE LES AUTRES TERRITOIRES...

LE CHÂTEAU DE CŒUR, DIRIGÉ PAR LA REINE DE CŒUR...
LE PARC D'ATTRACTIONS, TENU PAR UN HOMME NOMMÉ GOROUND...
ET ENFIN...
JUSTE AU MILIEU...
SE DRESSE LA TOUR DE L'HOR-LOGE...
OÙ NOUS NOUS TROUVONS ACTUELLE-MENT !
C'EST LE SEUL TERRITOIRE NEUTRE DU PAYS...
LES TROIS AUTRES SONT CONSTAM-MENT EN GUERRE !
JE COM-PRENDS POUR LE CHÂTEAU ET LA MAFIA...
MAIS POURQUOI LE PARC D'ATTRAC-TIONS EST-IL LUI AUSSI EN GUERRE ? CE ROYAUME EST BIZARRE...

C'EST UN CONFLIT TRIANGULAIRE QUI N'EN FINIRA JAMAIS...
UN JEU STÉRILE...
MAIS LES ÉTRANGERS N'ONT RIEN À VOIR AVEC CETTE GUERRE, AUSSI VEILLE À RESTER EN DEHORS DE TOUT ÇA !
C'EST À CAUSE DE CETTE LUTTE D'INFLUENCE QUE LES GENS SONT SI PROMPTS À DÉGAINER LEURS ARMES ?
EN QUELQUE SORTE...
TU COMPRENDRAS AVEC LE TEMPS...
MERCI DE M'AVOIR EXPLIQUÉ TOUT ÇA, MAIS...
FRANCHEMENT, JE N'AI PAS LA MOINDRE ENVIE DE M'ÉTERNISER ICI !
JE VOUDRAIS RENTRER CHEZ MOI !
INDIQUEZ-MOI JUSTE LA DIRECTION À PRENDRE, JE ME DÉBROUILLERAI !
IMPOSSIBLE !
TU NE PEUX PAS RENTRER TOUTE SEULE !
ALORS S'IL VOUS PLAÎT...
RACCOMPAGNEZ-MOI !
CE N'EST PAS SI SIMPLE...
LA RÈGLE DU JEU AUQUEL TU PARTICIPES...
STIPULE QUE PERSONNE NE PEUT RENTRER SEUL...

QU'EST-CE QUE ÇA VEUT DIRE, À LA FIN ?!
PETER AUSSI PARLAIT DE JEU ET DE RÈGLES !
MAIS...
COMMENT ÇA SE FAIT ?
IL FAISAIT NUIT NOIRE IL Y A QUELQUES MINUTES...
ET MAINTENANT, C'EST LE CRÉPUSCULE !
C'EST NORMAL, DANS NOTRE MONDE...
CESSE DE T'ÉTONNER DE TOUT ET DE RIEN !
C'EST VRAI QUE LE JOUR S'ÉTAIT CHANGÉ EN NUIT D'UN SEUL COUP ...
QUEL DRÔLE DE PHÉNOMÈNE !
C'EST UN RÊVE...
UN RÊVE ?

TU ES DANS UN SONGE...
AH BON...
JE SUIS EN TRAIN DE RÊVER...
C'EST UN MONDE ONIRIQUE, EN FAIT ?
...
TU PEUX LE CONSIDÉRER COMME TEL SI ÇA TE CHANTE...
MAIS...
TANT QUE TU NE PROGRESSERAS PAS DANS LE JEU, IL NE FINIRA JAMAIS...
TU AURAIS DÛ POUVOIR RENTRER CHEZ TOI DÈS QUE TU LE DÉSIRAIS...
MAIS À CAUSE DE LA POTION QUE T'A FAIT BOIRE PETER WHITE, TE VOILÀ CONDAMNÉE À PRENDRE PART AU JEU...

TU SAIS QUOI ?
SELON L'ISSUE DE LA PARTIE, TU POURRAS OU NON RE-GAGNER TON MONDE...
ET IL EST IMPOSSIBLE DE JOUER EN SOLO...
C'EST POURQUOI TU NE PEUX PAS REN-TRER TOUTE SEULE...
REGARDE LE FLACON !
TOUT JEU A SES PROPRES RÈGLES...
ÇA ALORS ! IL Y A UN PEU DE LIQUIDE AU FOND ! JE LE CROYAIS VIDE, POUR-TANT...
JE M'EN DOUTAIS...
TU AS CROISÉ PETER WHITE, LA BANDE DU CHAPELIER ET MAINTENANT MOI...
DÈS QUE TU REN-CONTRES UN HABITANT DE NOTRE PAYS, LA FIOLE SE REMPLIT...
C'EST LA CLÉ DE TON RETOUR VERS TON MONDE...
ET CERTAINEMENT LA RÈGLE DU JEU AUQUEL TU JOUES !
LORSQUE LE FLACON SERA DE NOUVEAU PLEIN...
TU AURAS LA POSSIBILITÉ DE RENTRER CHEZ TOI...

C'EST FACILE, ALORS !
JE VAIS LE REMPLIR VITE FAIT !
...
FACILE ?
ÇA Y EST, TU AS COMPRIS ?
ON VA RESTER ENSEMBLE POUR TOU-JOURS...
MA CHÈRE ALICE !

♥2 On the way

PETER EST LE MINISTRE DE LA REINE ?!
MAIS C'EST UN DÉTRAQUÉ !
ÇA PARAÎT DIFFICILE À CROIRE, JE TE L'ACCORDE, MAIS C'EST LA STRICTE VÉRITÉ...
COMMENT PEUVENT-ILS LE SUPPORTER, AU CHÂTEAU ?!
ENFIN... AU MOINS, JE SAIS OÙ IL EST...
TU COMPTES ALLER LE VOIR ?
OUI, JE VEUX LUI DEMANDER POURQUOI IL M'A EMMENÉE ICI !
ET LUI METTRE UN BON COUP DE POING EN PRIME !
CE MONDE EST SEMÉ D'EMBÛCHES...
MAIS PUISQUE C'EST UN RÊVE, JE PEUX ALLER ET VENIR SANS CRAINTE !
...
FAIS ATTENTION À TOI !

C'EST VRAI QU'ON PEUT AVOIR MAL, MÊME EN RÊVE...
MERCI POUR TOUT !
JE REVIEN-DRAI À LA TOMBÉE DE LA NUIT !
À TA GUISE...
IL N'Y A QU'UNE SEULE ROUTE QUI MÈNE AU CHÂTEAU...
ON NE PEUT PAS SE PERDRE, AU MOINS !
FRSH
C'EST QUOI, CE BRUIT ? UNE BÊTE ?
FRSH
FRSH
FRSH
FRSH
FRSH

FRSH
?!
AAH !!
FLOP
OUPS !
FLAP
ATTENTION !
DÉSOLÉ DE T'AVOIR EFFRAYÉE !

TU NE T'ES PAS FAIT MAL ?
NON...
TANT MIEUX !
QU'EST-CE QU'IL FABRIQUAIT DANS LES BUISSONS ?
DIS-MOI...
TU SAIS OÙ SE TROUVE L'HORLOGE ?
OUI, J'EN VIENS, JUSTEMENT...
C'EST LÀ-BAS !
OH, C'EST TOUT PRÈS...
TU VAS VOIR JULIUS ?
OUI ! TU LE CONNAIS ?
JE SUIS UN DE SES BONS AMIS ...
DANS CE CAS, ON RISQUE DE SE CROISER... IL VA M'HÉBERGER PENDANT QUELQUE TEMPS !
TIENS DONC ! ÇA ALORS...
COMMENT TU T'APPELLES ?
ALICE LIDDELL !

ALICE ?
ENCHANTÉ !
MOI, JE SUIS ACE ! CHEVALIER DU CHÂTEAU DE CŒUR !
TU ES DU CHÂTEAU ?
J'ÉTAIS JUSTEMENT EN TRAIN DE M'Y RENDRE !
TU PENSES QUE PETER Y EST, EN CE MOMENT ?
PETER ?!
C'EST UN DE TES AMIS ?!
EUH...
DISONS PLUTÔT QUE J'AI UNE AFFAIRE À RÉGLER AVEC LUI...
HMM...
IL EST PRESQUE TOUJOURS AU CHÂTEAU...
MAIS LES SOLDATS NE TE LAISSERONT PAS ENTRER SI PERSONNE DE CHEZ NOUS NE T'ACCOMPAGNE...
AH BON ?
ILS BLOQUENT L'ACCÈS AUX VISITEURS ?

JE SAIS ! JE VAIS T'ESCORTER !
C'EST FORT AIMABLE DE TA PART...
MAIS TU N'ALLAIS PAS VOIR JULIUS ?
J'AI ENCORE DU TEMPS AVANT MON RENDEZ-VOUS !
ÇA VA ALLER !
C'EST VRAI ?
JE COMPTE SUR TOI, ALORS !
...

J'AI L'IMPRES-SION QU'ON S'ÉLOIGNE DE PLUS EN PLUS DU CHÂTEAU...
ACE !
DIS, ON NE DEVRAIT PAS ALLER DE CE CÔTÉ-LÀ, PLUTÔT ?
HÉ HÉ !
BIEN SÛR QUE NON, C'EST PAR ICI !
EUH...
TU ES SÛR ?
MAIS OUI !
CE CHEVALIER M'A L'AIR UN BRIN TROP INSOUCIANT...
C'EST PEUT-ÊTRE UN RAC-COURCI...
MAIS TOUT DE MÊME, IL ME SEMBLE QUE DANS CETTE DIRECTION...

ATTENDS ! C'EST LE MANOIR DU CHAPELIER !!
QUOI ?!
TIENS, C'EST VRAI !
ÉTRANGE ...
POURTANT, ON EST SUR LE BON CHEMIN...
LE PALAIS ROYAL EST JUSTE DERRIÈRE !
CRR
BON, ALLONS-Y !
CRRR
TAP
UNE PETITE MINUTE !
CE MANOIR EST UN VRAI COUPE-GORGE !
LES GARDES NE SONT PAS LÀ, ON DIRAIT...
ENCORE TOI, ACE ?

JE VOIS, LES GARDES SONT ENCORE PARTIS EN VADROUILLE ...
DU COUP, ON ENTRE ICI COMME DANS UN MOULIN ! PFF...
ELLIOT MARCH !
OH...
TU ES AVEC L'ÉTRANGÈRE ?
BRR
TU ES UNE ÉTRANGÈRE ?
APPAREMMENT...
WAOUH ! C'EST LA PREMIÈRE FOIS QUE J'EN VOIS UNE !
TU VIENS D'UN AUTRE MONDE ?!

DÉSOLÉ POUR TOUT À L'HEURE ! JE N'AI PLUS L'INTENTION DE TE TIRER DESSUS...
SANS COMPTER QUE BLOOD ME L'A FORMELLEMENT INTERDIT !
ALORS, ACE...
TU AS QUELQUE CHOSE À DIRE AU CHAPELIER, AUJOURD'HUI ?
BLOOD ...
BEN NON, JE NE FRICOTE PAS AVEC LA MAFIA, MOI !
EUH...
ON SE REND AU PALAIS, C'EST TOUT !
DONC...
TU T'ES ENCORE PERDU !
ICI, C'EST NOTRE TERRITOIRE ! ET IL N'Y A RIEN PLUS LOIN, À PART LE MANOIR !
FLAP
COMBIEN DE FOIS FAUDRA-T-IL QUE JE TE LE RÉPÈTE ?!
HEIN ?

MAIS IL Y A UNE ROUTE QUI MÈNE AU CHÂTEAU, DE L'AUTRE CÔTÉ...
JE TE DIS QUE NON !
AH BON ?
HMM...
BON, BAH... FAUT CROIRE QUE JE ME SUIS ENCORE TROMPÉ DE CHEMIN...
!
TOUT À L'HEURE AUSSI, IL ÉTAIT PERDU ?!
ÇA DEVIENT LASSANT, À LA LONGUE !
DIRE QUE JE FAIS TANT D'EFFORTS POUR NE PAS TE METTRE UNE BALLE DANS LA TÊTE... TU ME CHERCHES, OU QUOI ?!
QUEL INTÉRÊT J'AURAIS À T'ÉNERVER ?
HA HA HA !
TU M'AS AIDÉ À RETROUVER MA ROUTE, LA DERNIÈRE FOIS... JE T'EN SUIS PLUTÔT RECONNAISSANT !
QUAND ON TOMBE SUR DES GENS AUSSI SERVIABLES QUE TOI, C'EST PLUTÔT RIGOLO DE S'ÉGARER !
GRR...

BLAM
?!
FOUH
SHH
TU AS RÉUSSI À ESQUIVER !
ATTENTION, TU POURRAIS TOUCHER L'ÉTRANGÈRE !
CRÈVE !
CLIC
BLAM
HIIII !
FILE TE CACHER DERRIÈRE UN ARBRE, ALICE !
TAP
MAIS AU PROCHAIN COUP, JE VAIS FAIRE EN SORTE QUE TU NE TE PERDES PLUS JAMAIS !

TU N'AURAIS PAS DÛ REGARDER AILLEURS, ACE !
HÉ HÉ...
À BOUT PORTANT, TU NE RISQUES PLUS D'ÉVITER MES TIRS !
MON DIEU ! IL EST SI PROCHE...
IL VA LE TUER ?!
?!
VSH
CLAC

CLING
BLAM
CLIC
L'AS DE CŒUR N'EST PAS ENCORE TROP ROUILLÉ, À CE QUE JE VOIS !
TAC
JE NE VAIS PAS POUVOIR TE DESCENDRE SI FACILE-MENT !

TAP
CE QUE TU PEUX...
M'ÉNERVER !
BLAM
CLING
MAIS...
ILS COMPTENT CONTINUER JUSQU'À CE QUE L'UN D'ENTRE EUX SOIT BLESSÉ ?!

VIOUM
GLOUPS
UNE BALLE PERDUE ?
ÇA COMMENCE À BIEN FAIRE !!
AH LÀ LÀ... VOUS NE VOYEZ PAS QUE VOUS ENNUYEZ LA DEMOISELLE ?

J'AIMERAIS QUE VOUS ARRÊTIEZ DE N'EN FAIRE QU'À VOTRE TÊTE SUR MON TERRI-TOIRE !
BLOOD DUPRÉ !

ELLIOT, JE T'AVAIS POURTANT CLAIREMENT SPÉCIFIÉ DE NE PAS EMBÊTER CETTE JEUNE FILLE !
MAIS... JE...
C'EST LUI, LÀ !
TOUT EST DE SA FAUTE !
IL N'ARRÊTE PAS DE S'ÉGARER !
ZIP
EH BIEN, INDIQUE-LUI LE BON CHEMIN ! RÉFLÉCHIS, AVANT DE TIRER !
C'EST CE QUE J'AI FAIT !
MAIS COMME IL REVIENT ENCORE ET ENCORE, ÇA ME TAPE SUR LES NERFS ! ALORS JE...
ELLIOT !
GLOUPS
EST-CE SI DIFFICILE DE RESPECTER MES ORDRES ?
DÉSOLÉ...
...
TOUTES MES EXCUSES, CHEVALIER !
MON SERVITEUR VOUS A MANQUÉ DE RESPECT...

HA HA, INUTILE DE VOUS EXCUSER !
HÉ HÉ !
JE NE SUIS PAS FÂCHÉ !
GRR...
FRANCHEMENT, IL N'Y A PAS DE QUOI FAIRE UN DRAME !
...
DU CALME... DU CALME...
TRÈS BIEN...
MAIS JE NE PEUX PAS VOUS LAISSER TRAVERSER MON DOMAINE...
PFUH !
NOUS ALLONS VOUS MENER À DESTINATION, ELLIOT ET MOI !
JEUNE ÉTRANGÈRE...
DÉSOLÉ DE TE METTRE DANS DES SITUATIONS AUSSI PÉRILLEUSES...
JE TE PROMETS QUE ÇA N'ARRIVERA PLUS !
FSH
FAIS-MOI CONFIANCE !

...
C'EST CLAIR ?
PFF...
LE CHÂTEAU EST DANS LA DIRECTION OPPOSÉE !
AH BON, C'EST PAR LÀ ?
FRSH
FRSH
QUOI ?!
IL A DÉJÀ DÉVIÉ ?!
UNE HUÎTRE A PLUS LE SENS DE L'ORIENTATION QUE TOI !
POF
HA HA HA HA HA !
TAP TAP TAP TAP TAP
QU'ILS SONT BRUYANTS...

...
POURQUOI ME DÉVISAGES-TU AINSI ?
PARDON ?!
TU ME COUVES LITTÉRALEMENT DU REGARD, DEPUIS TOUT À L'HEURE...
FSSH
EUH... C'EST QUE...
VOUS RESSEMBLEZ BEAUCOUP À QUELQU'UN QUE JE CONNAIS !
D'AILLEURS, LA PREMIÈRE FOIS QUE JE VOUS AI VU, ÇA M'A TELLEMENT ÉTONNÉE...
QUE JE ME SUIS MONTRÉE IMPOLIE ENVERS VOUS...
...

AU DÉBUT, J'AI CRU QUE TU ME TROUVAIS TRÈS LAID...
DÉSOLÉE...
MAIS...
QUAND JE T'AI VUE ME FIXER AVEC CES YEUX LANGOUREUX...
J'AI COMPRIS QUE JE DEVAIS RESSEMBLER À TON PETIT AMI...
ESSH
...
P...
PLAF
PAS DU TOUT !
VOUS VOUS TROMPEZ...
...
TU N'AS PAS L'AIR DE MENTIR...
JE VOIS...

VOUS VOUS ÊTES SÉPARÉS ?
OUI...
IL EST TOMBÉ AMOUREUX D'UNE AUTRE...
ALORS...
JE COMPRENDS...
ÇA DEVAIT ÊTRE UN RUSTRE...
COMMENT ?
UN RUSTRE ?

MOI QUI APPARTIENS AU MILIEU, JE NE VAUX PEUT-ÊTRE PAS MIEUX, À TES YEUX...
MAIS UNE CHOSE EST SÛRE...
JE SERAIS INCAPABLE DE QUITTER UNE JEUNE FILLE QUI ME LANCE DES REGARDS SI ÉPERDUS...
SI UNE DEMOISELLE ME REGARDAIT AINSI, JE ME COUPERAIS LES DEUX JAMBES POUR RESTER AUPRÈS D'ELLE À JAMAIS...
ET JE LUI JURERAIS DE M'ARRACHER LE CŒUR SI JE VE-NAIS À M'ÉPREN-DRE D'UNE AU-TRE FEMME...
HI HI...
VOUS SAVEZ COMMENT CONSOLER LES GENS, VOUS !

SHH
IL NE S'AGIT NI D'UNE PLAISANTERIE, NI DE SIMPLES PAROLES DE CONSOLATION...
HÉ HÉ...
C'EST CE QUE JE RESSENTIRAIS SI TU ME CONSIDÉRAIS DE CETTE FAÇON...
FSSH
ALICE !
TU TE LAISSES EMBOBINER PAR LE CHEF DE LA MAFIA ?
QU'EST-CE QUE TU RACONTES ?!
POF
CE N'EST PAS DU TOUT LE GENRE DE FILLE QU'APPRÉCIE BLOOD !

AH NON ?
ON AURAIT VRAIMENT DIT QU'IL LUI FAISAIT LA COUR, POURTANT !
MAIS HÉLAS...
ALICE DOIT ALLER VOIR PETER, À PRÉSENT !
PETER WHITE ?!
...
QU'EST-CE QUE TU AS À VOIR AVEC LUI ?!
J'AI QUELQUES QUESTIONS À LUI POSER !
JE NE T'EMPÊCHERAI PAS D'Y ALLER...
MAIS C'EST QUELQU'UN DE PEU RECOMMANDABLE, SOIS PRUDENTE !
HEIN ?
IL EST SI DANGEREUX QUE ÇA ?
CE TYPE AVEC DES OREILLES DE LAPIN ?

JE COMPTE SUR LE CHEVALIER POUR TE PROTÉGER...
S'IL TENTE QUOI QUE CE SOIT...
HÉ HÉ...
?
LE CHÂTEAU EST JUSTE LÀ-HAUT !
TU T'APPELLES ALICE, C'EST ÇA ?
OUI...
PASSE NOUS VOIR, UN DE CES JOURS !
JE T'ACCUEILLERAI COMME UNE INVITÉE DE MARQUE...
J'ATTENDS TA VISITE AVEC IMPATIENCE !
...

DÉJÀ DE RETOUR, SEIGNEUR ACE ?
EH OUI, ME REVOILÀ !
SOYEZ LA BIENVENUE, MADEMOI-SELLE !
PETER EST AVEC LA REINE...
ALLONS DANS LA SALLE D'AUDIENCE !

PETER WHITE ! TE VOILÀ ENFIN !!
!
ALICE !
TU ES VENUE ME VOIR !
ET BEAUCOUP PLUS TÔT QUE PRÉVU, EN PLUS !

POF
TU NE SUPPORTAIS PAS DE RESTER LOIN DE MOI, C'EST ÇA ?!
MAIS...
AAAAH !
PLAF
NE VA PAS T'IMAGINER N'IMPORTE QUOI !
JE VEUX JUSTE...

JEUNE FILLE...
VOUS ÊTES UNE ÉTRAN-GÈRE ?
EUH... OUI... À QUI AI-JE L'HONNEUR ?
JE SUIS LA REINE DE CŒUR...
VIVALDI !

J'AIME LE SOIR...
C'EST LE MOMENT DE LA JOURNÉE QUE JE PRÉFÈRE...
N'EST-CE PAS L'HEURE LA PLUS PROPICE POUR PRENDRE LE THÉ...
MA CHÈRE ALICE ?
3 Nightmare

PSST, ALICE !
IL FAUT QUE J'AILLE CHEZ JULIUS, JE TE LAISSE ...
BANG
?!
ÉCARTE-TOI...
ACE !
TU TE TIENS TROP PRÈS DE MA TENDRE ALICE !
SI TU NE VEUX PAS MOURIR, ÉLOIGNE-TOI SUR-LE-CHAMP !!
TOUJOURS AUSSI IMPRESSIONNANT, PETER !
JE M'AVOUE VAINCU !
À PLUS TARD...
ALICE !

POUR QUI IL SE PREND ?!
IL EST D'UNE GROSSIÈRETÉ !!
SILENCE, WHITE. TU VEUX AVOIR LA TÊTE COUPÉE ?
...
JE ME VOIS MAL INTERROGER PETER DANS CES CONDITIONS...
IL N'EMPÊCHE QUE...
JE COMPRENDS POURQUOI WHITE VOUS AIME TANT...
JE POURRAIS BIEN SUCCOMBER À VOTRE CHARME, MOI AUSSI...
AH NON ! VOUS N'ALLEZ PAS VOUS Y METTRE AUSSI, MAJESTÉ ?!
ELLE N'A PAS BESOIN D'UN NOUVEAU SOUPIRANT !

JE N'Y PEUX RIEN...
CETTE JEUNE FILLE N'APPARTIENT PAS À NOTRE MONDE...
ET NOUS AUTRES HABITANTS DE CE PAYS, NOUS AVONS TOUS LE CŒUR QUI BAT POUR CEUX QUI VIENNENT D'AILLEURS...
CURIEUX...
PUISQUE C'EST MON RÊVE, ÇA VOUDRAIT DIRE QU'AU FOND DE MOI, JE DÉSIRE ÊTRE AIMÉE DE TOUS ?
UN JOUR, VOUS REPARTIREZ CHEZ VOUS...
MAIS EN ATTENDANT, JE VOUS AUTORISE À LOGER AU CHÂTEAU. QU'EN DITES-VOUS ?
MERCI, VIVALDI...
MAIS J'HABITE DÉJÀ DANS LA TOUR DE L'HORLOGE...
DANS L'HORLOGE ?!
TIC
CHEZ JULIUS MONREY ?!

JE VOIS, VOUS AVEZ DONC UN LOGEMENT...
EN EFFET !
BALIVERNES !
TU PEUX ENCORE CHANGER D'AVIS !
VIENS T'INSTALLER ICI, PLUTÔT !
JAMAIS DE LA VIE ! PLUTÔT MOURIR !
N'INSISTE PAS, VOYONS...
ELLE POURRA NOUS RENDRE VISITE AUSSI SOUVENT QU'ELLE LE SOUHAITERA !
NON !
ELLE DOIT HABITER ICI !
TU ES D'ACCORD, PAS VRAI, ALICE ?!
IL SUFFIT !
...

TIENS, LA NUIT EST TOMBÉE !
QUEL DOMMAGE, NOUS PASSIONS UN SI BON MOMENT...
LE SOIR DEVRAIT DURER TOUTE LA JOURNÉE...
DITES...
C'EST NORMAL QUE LA JOURNÉE S'ÉGRÈNE DANS N'IMPORTE QUEL ORDRE, DANS VOTRE MONDE ?
TOUT À FAIT...
IL N'Y A PAS DE SUCCESSION ÉTABLIE, ET ON NE PEUT JAMAIS PRÉVOIR QUELLE PÉRIODE VA SUIVRE UNE AUTRE...
MÊME SI NOUS, LES ACTEURS, NOUS AVONS LES MOYENS D'INFLUER SUR LE TEMPS...
IL NE FAUT PAS LE FAIRE TROP SOUVENT, C'EST LA RÈGLE !
HMM...
LES ACTEURS ?
C'EST AVEC REGRET QUE JE VAIS METTRE UN TERME À CE THÉ...
CLAC
JE...
JE DOIS...
RENTRER...
FLOP
ÇA ALORS... JE SUIS CENSÉE ÊTRE ASSOUPIE, COMMENT JE PEUX AVOIR SOMMEIL ?
D'UN AUTRE CÔTÉ, C'EST VRAI QUE JE N'AI PAS ARRÊTÉ, DEPUIS MON ARRIVÉE...

VOUS NE TIENDREZ JAMAIS DEBOUT JUSQU'À L'HORLOGE...
RESTEZ DORMIR AU CHÂTEAU, RIEN QUE POUR CETTE FOIS !
JE CROIS QUE JE VAIS ACCEPTER VOTRE PROPOSITION...
WHITE, MONTRE-LUI SA CHAMBRE !
À VOS ORDRES, MAJESTÉ !
FLOP
FLOP
AH !
ATTENTION OÙ TU METS LES PIEDS !
TU AS MANQUÉ DE TOMBER !
CLAC
JE PEUX MARCHER TOUTE SEULE !
LÂCHE-MOI !

TU PEUX PRENDRE CETTE CHAMBRE...
MAIS SI TU VEUX VENIR DANS LA MIENNE, NE TE GÊNE PAS !
TRÈS DRÔLE !
J'AVAIS DÉJÀ ASSEZ PEUR QUE TU T'EN PRENNES À MOI PENDANT LE TRAJET...
MAIS JE CHERCHE SIMPLEMENT À GAGNER TON CŒUR !
JAMAIS JE NE TE FORCERAI À FAIRE QUOI QUE CE SOIT !
AH BON ? PARCE QUE TU NE M'AS PAS EMBRASSÉE DE FORCE, PEUT-ÊTRE ?
CLAC
ガチャ
QUOI QU'IL EN SOIT, JE NE TOMBERAI JAMAIS AMOUREUSE DE TOI...
BONNE NUIT !

CE QUE JE VEUX, C'EST QUE TU RESTES DANS CE MONDE QUE TU AS TANT SOUHAITÉ...
MAIS MÊME SI CE N'EST PAS AVEC MOI...
C'EST TOUT CE QUE JE DEMANDE !
HÉ HÉ...
JE SAIS...
JE NE PRÉTENDS PAS QUE LA VICTOIRE SERA AISÉE...
パタン
BLAM
DORS BIEN, ALICE...
FAIS DE BEAUX RÊVES !

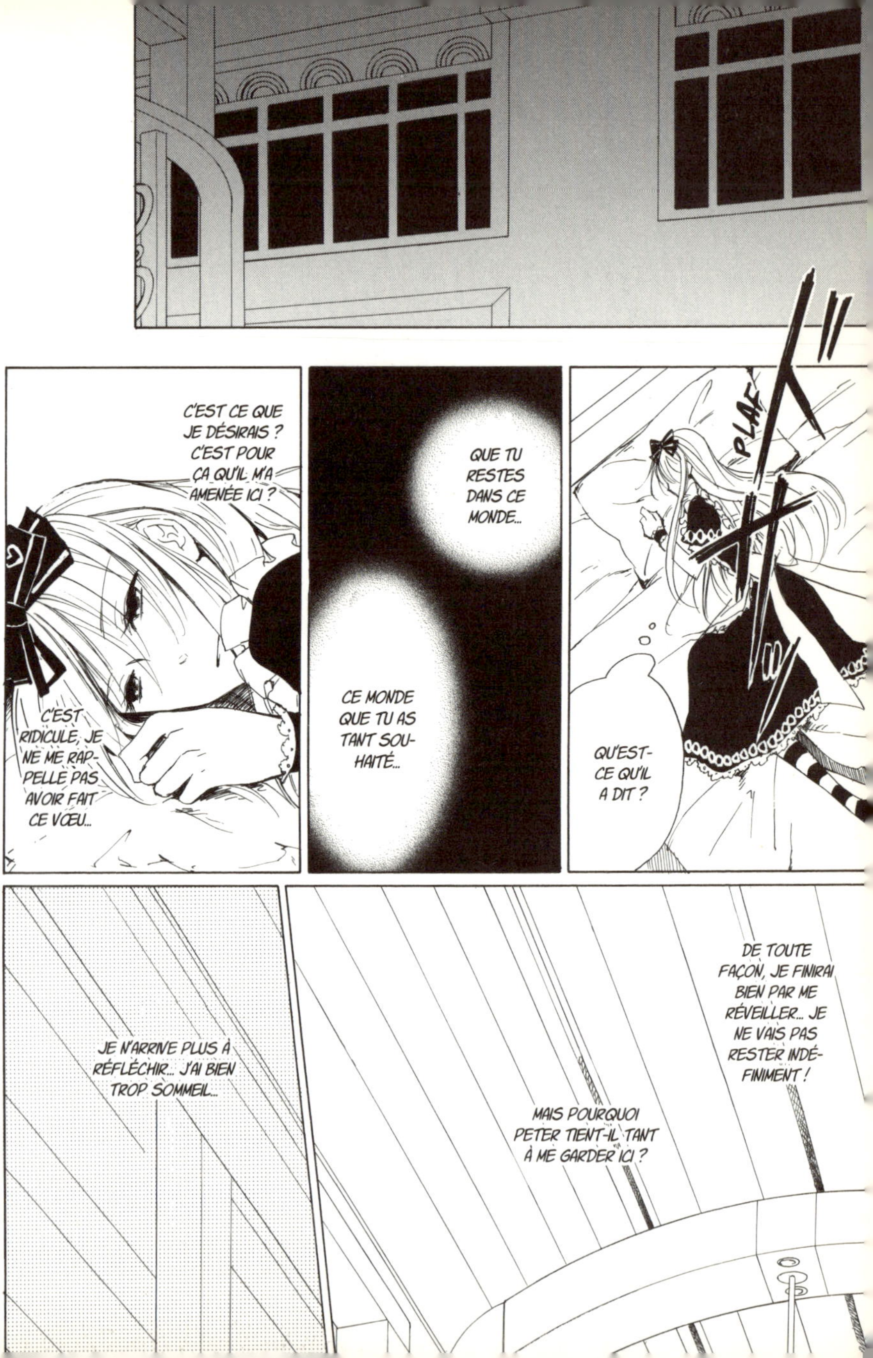
PLAF
QU'EST-CE QU'IL A DIT ?
QUE TU RESTES DANS CE MONDE...
CE MONDE QUE TU AS TANT SOUHAITÉ...
C'EST CE QUE JE DÉSIRAIS ? C'EST POUR ÇA QU'IL M'A AMENÉE ICI ?
C'EST RIDICULE, JE NE ME RAPPELLE PAS AVOIR FAIT CE VŒU...
DE TOUTE FAÇON, JE FINIRAI BIEN PAR ME RÉVEILLER... JE NE VAIS PAS RESTER INDÉFINIMENT !
MAIS POURQUOI PETER TIENT-IL TANT À ME GARDER ICI ?
JE N'ARRIVE PLUS À RÉFLÉCHIR... J'AI BIEN TROP SOMMEIL...

...
ÇA PAR EXEMPLE !
IL FAUT CROIRE...
QU'UN RÊVE PEUT EN CACHER UN AUTRE...
TOUT JUSTE !

QUI ES-TU ?!
NIGHTMARE...
LE DÉMON DES CAUCHEMARS !
UN DÉMON...
ENCORE UN ÉTRANGE INDIVIDU...
MES RÊVES SONT VRAIMENT IMPRÉVISIBLES...
TES RÊVES ?

C'EST UN RÊVE...
CETTE VOIX !
EST-CE QUE PAR HASARD...
NON, TU AS RAISON...
PRENDS ÇA COMME UN RÊVE !
SI C'EST CE QUE TU PENSES, SOIT !
JULIUS M'A DIT PRATIQUEMENT LA MÊME CHOSE !
QU'EST-CE QUE ÇA SIGNIFIE ?!
CE SERAIT À CAUSE DE TOI...
QUE JE ME RETROUVE DANS CETTE ÉTRANGE CONTRÉE ?!
TU FAIS FAUSSE ROUTE...
C'EST PETER WHITE QUI EST ALLÉ TE CHERCHER...
MOI, J'AI JUSTE ÉTABLI LE LIEN ENTRE LES DEUX MONDES !
C'EST LE MONDE QUE TU SOUHAITAIS...
QUE TU DÉSIRAIS PAR-DESSUS TOUT !

ICI, TOUT LE MONDE T'AIME !
MAIS C'EST ÉVIDENT !
C'EST PARCE QUE JE T'AIME !
JE POURRAIS BIEN SUCCOMBER À VOTRE CHARME, MOI AUSSI...
C'EST CE QUE JE RESSENTIRAIS SI TU ME CONSIDÉRAIS DE CETTE FAÇON...
Y COMPRIS MOI, BIEN SÛR !
D'ACCORD...
C'EST DONC ÇA...
JE SUIS UNE PAUVRE MALHEUREUSE QUI SOUHAITE AU FOND DE SON CŒUR ÊTRE AIMÉE DE TOUT UN CHACUN !
TOUT TOURNE AUTOUR DE MOI, DANS CE MONDE TORDU... QUEL RÊVE ÉGOÏSTE !
ET CE SONGE EST LA REPRÉSENTATION DE MES DÉSIRS INAVOUÉS !
...
J'AI DONNÉ NAISSANCE À UN UNIVERS COMPLÈTEMENT GROTESQUE !

ALICE...
CE N'EST PAS TOI QUI L'AS CRÉÉ...
IL A TOUJOURS EXISTÉ !
SI CE N'EST PAS UNE ILLUSION, JE N'Y COMPRENDS PLUS RIEN !
QUI POURRAIT BIEN AIMER UNE FILLE AUSSI BANALE QUE MOI ?!
TU TE TROMPES...
ICI, TU N'ES PAS BANALE...
JE NE DIS PAS QUE TOUT LE MONDE A LE COUP DE FOUDRE POUR TA PETITE PERSONNE...
MAIS À TON CONTACT, ON S'ÉPREND PEU À PEU DE TOI...
ET PERSONNE D'AUTRE...
NE NOUS FAIT CET EFFET !
IMPOSSIBLE !
JE N'Y CROIS PAS UNE SECONDE !

TU ES UN DÉMON !
FLAP
JE SUIS UN CAUCHEMAR...
C'EST ENCORE PIRE QU'UN DÉMON ORDINAIRE !
D'HABITUDE, LES DÉMONS ENVOIENT LES HUMAINS EN ENFER...
MOI, JE LES ENVOIE DANS LE MONDE DES RÊVES...
ON PEUT SE RÉVEILLER...
CE N'EST PAS AUSSI EFFRAYANT QUE DE SE RETROUVER EN ENFER !
...
FSSH
QU'Y A-T-IL AU BOUT D'UN RÊVE, À TON AVIS ?

TOUT LE MONDE LE SAIT !
AU BOUT D'UN RÊVE, IL N'Y A RIEN !
L'AVENTURE SE TERMINE, C'EST TOUT !
EXACTEMENT...
À LA FIN DU RÊVE, IL NE RESTE PLUS QUE LA RÉALITÉ...
C'EST PARCE QUE LES RÊVES ONT UNE FIN QU'ILS NOUS ANGOIS-SENT...
TU COMPREN-DRAS TOUT CELA BIEN ASSEZ TÔT, ALICE...

...
EH NON, LE PAYS DES MERVEILLES N'A PAS DISPARU...
JE SENS QUE JE NE VAIS PAS ME RÉVEILLER DE SITÔT...
ALICE !
ATTENDS !
JE DOIS RENTRER À LA TOUR DE L'HORLOGE !
ÇA FAIT LONGTEMPS QUE JE SUIS PARTIE, JULIUS POURRAIT S'INQUIÉTER !
POURQUOI ES-TU SI PRESSÉE ?!
TU POURRAIS RESTER ENCORE UN PEU !
POURQUOI TU TE SOUCIES TANT DE CET INDIVIDU ?!
QUELLE CRUAUTÉ !
TU ME FAIS DES INFIDÉLITÉS !
FRR
FRR
...

BONG
AUCUN DANGER !
PUISQU'IL N'Y A RIEN ENTRE TOI ET MOI !
OUILLE ! ♡
TIENS !
VOUS ÊTES...
SIR WHITE !
QUE ME VOULEZ-VOUS ?
NAVRÉS DE VOUS DÉRANGER...
SA MAJESTÉ VOUS RÉCLAME...
VOUS ÊTES MANDÉ IMMÉDIATEMENT DANS LA SALLE D'AUDIENCE !
TAC

SHHH
HIII !
SA MONTRE S'EST CHANGÉE EN PISTOLET !!
BLAM
PLAF
CLAC
NON, PETER !
LAISSE-LE !
BLAM
BLAM
BLAM
BLAM

...
MÊME POUR UN RÊVE...
C'EST TROP CRUEL !!
JE N'AI PAS EU LE MESSAGE...
CAR...
LES MESSAGERS ONT MYSTÉRIEUSE-MENT DISPARU AVANT DE POUVOIR ME LE TRANS-METTRE !
...
PAS ÇA !
BOM
!
!!!

QU'EST-CE QUI TE PREND ?
NE RESTE PAS LÀ, TU RISQUES D'ÊTRE BLESSÉE !
CELA M'EST COMPLÈTEMENT ÉGAL...
SI ÇA PEUT TE DISSUADER DE LE TUER !
QU'EST-CE QUE TU RACONTES ?
LA VIE D'UN SOLDAT NE VAUT RIEN !
C'EST VRAI, ON POURRA TRÈS VITE ME REMPLACER ! NE VOUS EN FAITES PAS POUR MOI !

TOI AUSSI, TU T'Y METS ?!
ARRÊTE AVEC CES FADAISES !
JE NE VOIS PAS CE QUI TE CHIFFONNE !
ILS N'ONT PAS DE NOM...
CE NE SONT QUE DES CARTES JETABLES !
...
QUI ES-TU POUR DÉCIDER AINSI DE SON SORT ?!
IL EN VA DE MÊME POUR NOUS, LES ACTEURS...
NOUS NE SOMMES LÀ QUE PARCE QUE NOUS AVONS UN RÔLE À JOUER ET, À NOTRE MORT, NOUS SERONS REMPLACÉS...
ENCORE CETTE HISTOIRE D'ACTEURS...

POUR LES HABITANTS DE CE PAYS, LA MORT N'EST PAS TRÈS GRAVE...
MAIS POUR TOI, ALICE, C'EST DIFFÉRENT...
PARCE QUE TU ES IRREMPLAÇABLE...
ALORS CESSE DE T'OBSTINER, ET ÉCARTE-TOI !
SEULEMENT SI TU ME PROMETS DE NE PAS TIRER !
...

À TA GUISE !
SHH
PUISQUE TEL EST TON DÉSIR, JE VAIS VOIR LA REINE...
PFF...
FUIT
J'AIMERAIS ÊTRE TOUT LE TEMPS À TES CÔTÉS, MAIS JE ME CONSOLE EN ME DISANT QU'AU MOINS, ON EST DANS LE MÊME MONDE...
JE NE TE COMPRENDS PAS TOUJOURS TRÈS BIEN...
MAIS C'EST AUSSI UNE DES RAISONS QUI FONT QUE JE T'AIME ! ♡
BON...
À PLUS TARD !

EUH...
MERCI BEAUCOUP...
C'EST STUPIDE DE ME REMERCIER...
J'AI JUSTE AGI COMME TOUT ÊTRE SENSÉ...
JUSQU'ICI, PERSONNE N'AVAIT JAMAIS ACCORDÉ LA MOINDRE IMPORTANCE À MA VIE...
MAIS TON COLLÈGUE...
SHH
SHH
HEIN ?
TU VAS LE PORTER TOUT SEUL ?!
DEMANDE À QUELQU'UN DE T'AIDER !
JE N'EN AI PAS LE TEMPS...
IL FAUT QUE JE ME DÉBARRASSE DU CORPS AVANT L'ARRIVÉE DES SILHOUETTES FANTÔMES !
DES SILHOUETTES FANTÔMES ?
LA REINE SERA TRÈS CONTRARIÉE SI ELLES APPARAISSENT DANS LE JARDIN...
DÉSOLÉ, JE DOIS ME DÉPÊCHER...
ATTENTION À VOUS SUR LE CHEMIN DU RETOUR !

DÉCIDÉMENT, QUEL DRÔLE DE PAYS...
ICI, LA VIE N'A QUE PEU DE PRIX...
QUAND JE PENSE QUE C'EST MOI QUI AI SOUHAITÉ QUE LES CHOSES SOIENT AINSI, J'EN AI LA TÊTE QUI TOURNE...
LES ACTEURS, LES SILHOUETTES FANTÔMES... IL Y A TANT DE CHOSES QUE JE NE COMPRENDS PAS...
C'EST TROP DIFFÉRENT DU MONDE D'OÙ JE VIENS...
TIENS ?
MAMZELLE ALICE !

LES BLOODY TWINS !!
LE BOSS NOUS A DIT D'ÊTRE GENTILS AVEC TOI !
HI HI HI !
ON A HÂTE QUE TU VIENNES NOUS RENDRE VISITE AU MANOIR !
BLOOD LES A RAISONNÉS...
OUF...
COUCOU, ALICE !
HEIN ?
わらっ
FLAP
COMMENT VA ?!
MAIS ...
QUI ES-TU ?
UNE AMIE DE DEE ET DUM ?
OUIII !
C'EST UNE ÉTRANGÈRE !
ELLE S'APPELLE ALICE !
C'EST LE CHEF QUI NOUS L'A DIT !
OH ! UNE ÉTRANGÈRE ?
SNIF SNIF
C'EST POUR ÇA QUE TU SENS SI BON !

ON TE PRÉSENTE NOTRE COPAIN BORIS !
RAVI DE FAIRE TA CONNAISSANCE, ALICE !
UN PUNK ? IL NE MANQUAIT PLUS QUE ÇA...
EN PLUS, IL A DES OREILLES ET UNE QUEUE DE CHAT !
IL HABITE AU PARC D'ATTRACTIONS...
VRAIMENT ?
MAIS VOS DEUX TERRITOIRES SONT EN GUERRE, NON ?
VOUS AVEZ LE DROIT DE VOUS FRÉQUENTER, ENTRE ENNEMIS ?
BIEN SÛR ! JE NE FAIS QUE LOGER LÀ-BAS, ET EUX, ILS SONT JUSTE EMPLOYÉS COMME GARDES...
PAS VRAI ?
OUAIS !
LE CODE DU TRAVAIL N'EMPÊCHE PAS D'ÊTRE AMI AVEC UN ENNEMI !
CELA DIT, C'EST VRAI QUE GOROUND ET LE CHAPELIER NE S'APPRÉCIENT GUÈRE...

* JEU DE MOTS AVEC "MERRY-GO-ROUND", QUI SIGNIFIE "MANÈGE" EN ANGLAIS, NDT.

FIGURE-TOI...
QUE C'EST ÇA, LE NOM COMPLET DU PROPRIO !
ET COMME IL EN A HONTE, IL L'AVAIT TENU SECRET...
HI HI HI HI !
SAUF QUE LE BOSS L'A APPRIS ET QU'IL A RÉPANDU L'INFO À TRAVERS TOUT LE PAYS !
"MARY" ?
DRÔLE DE PRÉNOM, POUR UN GARÇON !
PFF...
N'EST-CE PAS ?
HA HA HA !
FORCÉMENT, ÇA L'A RENDU FOU FURIEUX, LE GOROUND !
TU N'ES ENCORE JAMAIS VENUE AU PARC ?
RIEN QUE LE NOM DU DIRECTEUR EST DÉJÀ AMUSANT EN SOI...
ALORS TU IMAGINES LE RESTE !
JE T'INVITE ! PASSE QUAND TU VEUX !
AH NON, C'EST PAS JUSTE !
LE BOSS T'A INVITÉE AVANT LUI !

ON S'EN FICHE, DE CHEZ QUI ELLE IRA EN PREMIER !
NON, NON !
LE CHAPELIER EN PRIORITÉ !
DZZ
DZZ
DZZ
FLOP
C'EST BON, J'AI COMPRIS ! J'IRAI DANS L'ORDRE !

SI UN PRINCE CHARMANT APPARAIS-SAIT DEVANT MOI SUR SON CHEVAL BLANC...
JE N'AURAIS QU'UNE ENVIE : LE FAIRE TOMBER DE CHEVAL !
MAIS...
LUI, IL N'A RIEN D'UN PRINCE CHARMANT...
"SI TU ME CONSIDÉRAIS DE CETTE FAÇON..."
ALORS QUE FAIRE ?

♥4 Clock & Afterimage

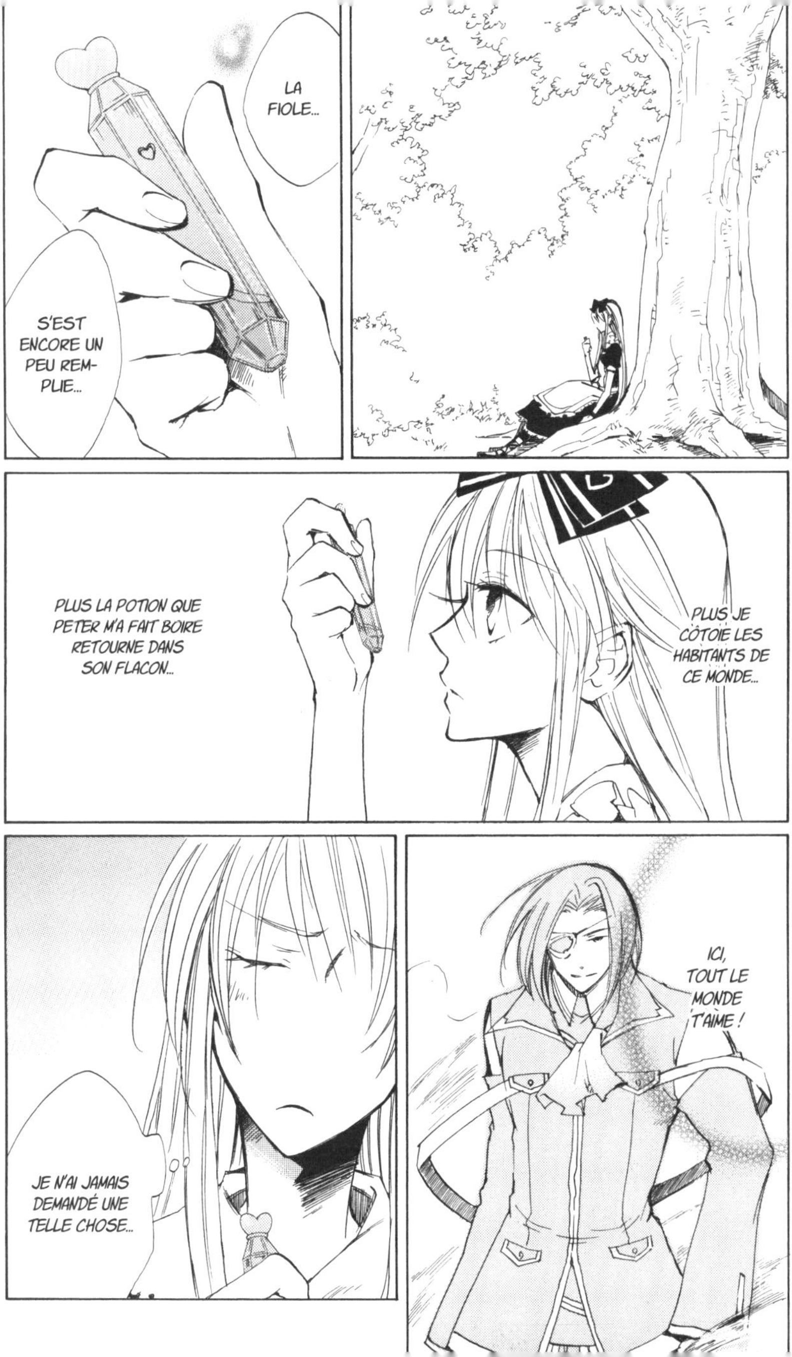
LA FIOLE...
S'EST ENCORE UN PEU REMPLIE...
PLUS JE CÔTOIE LES HABITANTS DE CE MONDE...
PLUS LA POTION QUE PETER M'A FAIT BOIRE RETOURNE DANS SON FLACON...
ICI, TOUT LE MONDE T'AIME !
JE N'AI JAMAIS DEMANDÉ UNE TELLE CHOSE...

MOI, JE N'AI BESOIN...
QUE DE L'AMOUR D'UNE SEULE PERSONNE...
JE COMPRENDS BIEN QUE CE RÊVE CRISTALLISE TOUS MES FANTASMES...
ET COMME BLOOD LUI RESSEMBLE TRAIT POUR TRAIT...
ÇA VEUT DIRE QU'AU FOND DE MOI, JE MEURS D'ENVIE QU'ON ME SUSURRE DES MOTS DOUX À L'OREILLE...
OUH LÀ...
JE NE ME DOUTAIS PAS QUE J'ÉTAIS AUSSI MIÈVRE !
AH !
JE SUIS LAMENTABLE ! JE ME DÉGOÛTE...
MAIS JE NE PEUX PAS Y ÉCHAPPER...

CE CHÂTEAU DE CONTE DE FÉES EN FORME DE CŒUR...
ET TOUS CES HABITS FROUFROUTANTS QUE J'ÉTAIS CENSÉE DÉTESTER... SI ÇA SE TROUVE ...
FSSH
MON RÊVE ME TRAHIT : EN FAIT, J'ADORE ÇA !
OH LÀ LÀ...
J'AURAIS PRÉFÉRÉ NE JAMAIS SAVOIR CE QUE RENFERMAIT MON SUBCONSCIENT...
TIC
SI SEULEMENT JE POUVAIS ME RÉVEILLER...
PFF...
JE FERAIS MIEUX DE RENTRER...
ON NE SAIT JAMAIS, JE POURRAIS ME FAIRE SURPRENDRE PAR LA NUIT...

FRRSH
?!
BOBOM
QUELLE SENSATION LUGUBRE !
J'EN AI LA CHAIR DE POULE !
BOBOM
BOBOM
BOBOM
J'AI UN MAUVAIS PRESSENTIMENT...
TAP
FLOP
QU'EST-CE QUE C'EST ?

IL DOIT Y AVOIR QUEL-QUE CHOSE, LÀ-BAS...
J'AI PEUR...
MAIS...
FRSH
QUELLE HORREUR !
IL A PERDU BEAUCOUP DE SANG...

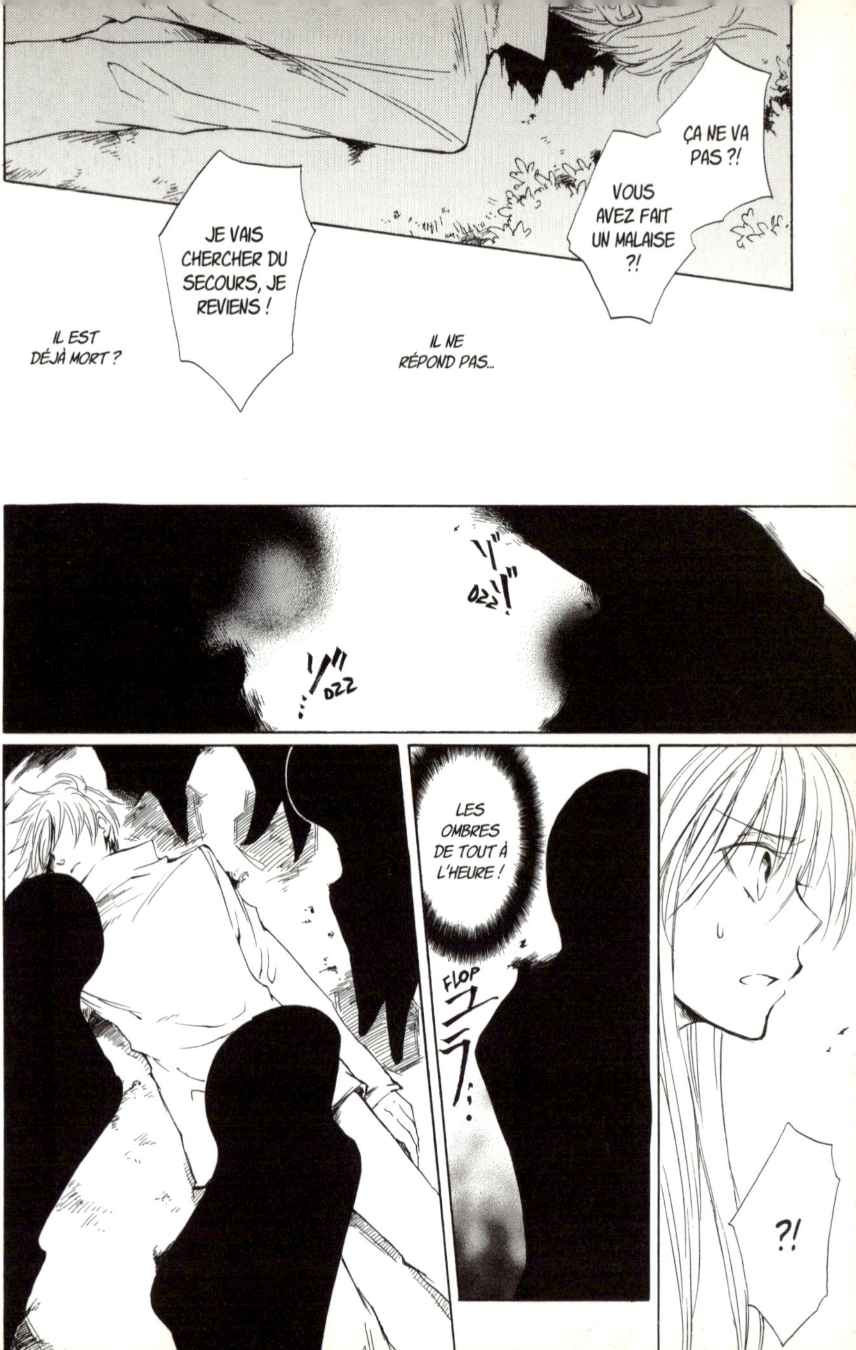
ÇA NE VA PAS ?!
VOUS AVEZ FAIT UN MALAISE ?!
JE VAIS CHERCHER DU SECOURS, JE REVIENS !
IL NE RÉPOND PAS...
IL EST DÉJÀ MORT ?
DZZ
DZZ
?!
LES OMBRES DE TOUT À L'HEURE !
FLOP

OZZ
QU'EST-CE QUE VOUS FAITES ?!
C'EST VOUS QUI L'AVEZ ATTAQUÉ ?!
ARRÊTEZ !!
IL FAUT QUE JE LE SAUVE !
JE VEUX L'AIDER...
FRSH
FRSH
OZZ
SHHHH
OH NON !
MAIS JE SUIS PARALYSÉE !
SHH

IL S'EST ... ÉVAPORÉ ?!
IL NE RESTE PLUS...
QU'UNE MONTRE...
シュル
SHHH
DZZ
DZZ
すすっ
SHHH
へなっ
FLOP
JE N'EN CROIS PAS MES YEUX...

FRANCHEMENT...
CE RÊVE EST UN PEU TROP SURRÉALISTE À MON GOÛT...
HMM...
UNE MONTRE...
JULIUS EST LE MAÎTRE DE L'HORLOGE... IL POURRA PEUT-ÊTRE M'EXPLIQUER !
TU VAS ALLER LA LEUR RE-PRENDRE...
JE COMPTE SUR TON EFFICA-CITÉ...
LES HABITANTS DE CETTE RÉGION...

JULIUS ?
AH...
C'EST TOI...
TU N'ÉTAIS PAS DANS TA CHAMBRE, JE TE CHERCHAIS...
J'AVAIS DU TRAVAIL...
AVEC QUI PARLAIS-TU ?
FUIT
FUIT
PERSONNE... TU VOIS BIEN QUE JE SUIS SEUL !
IL PARLE TOUT SEUL ? DÉJÀ GÂTEUX À SON ÂGE ?
TU RENTRES BIEN TARD !
TU T'ES FAIT DU SOUCI POUR MOI ?
HMM...
DISONS QUE ÇA NUIRAIT À MON IMAGE SI ON APPRENAIT QUE J'AI LAISSÉ UNE ÉTRANGÈRE À SON TRISTE SORT...
C'ÉTAIT HORRIBLE, TU N'IMAGINES MÊME PAS !
JE ME SUIS PERDUE, JE ME SUIS RETROUVÉE AU BEAU MILIEU D'UN DUEL, J'AI ÉTÉ TÉMOIN D'UN MEURTRE...
J'AI FAIT DE NOMBREUSES RENCONTRES !

ET À L'INSTANT...
UNE SCÈNE AFFREUSE S'EST PRODUITE JUSTE SOUS MES YEUX...
IL Y AVAIT UN HOMME ÉTENDU PAR TERRE...
COUVERT DE SANG !
...
DES OMBRES NOIRES SE SONT REGROUPÉES AUTOUR DE LUI... ET IL A DISPARU !
TOUT CE QU'IL RESTAIT DE LUI, C'ÉTAIT UNE MONTRE...
LES OMBRES S'EN SONT EMPARÉES AVANT DE REPARTIR COMME ELLES ÉTAIENT VENUES...

TON TRAVAIL, C'EST DE RÉPARER LES MONTRES, C'EST ÇA ?
COMME C'EST UN PEU TON DOMAINE, J'AI PENSÉ QUE TU ÉTAIS PEUT-ÊTRE AU COURANT DE QUELQUE CHOSE...
ABSOLUMENT PAS !
DIS DONC...
PAS LA PEINE D'ÊTRE AUSSI CASSANT !
DIS-MOI JUSTE CE QUE TU SAIS !
C'EST MESQUIN !
JE N'AI RIEN À T'APPRENDRE !
C'EST LOUCHE !
TU ME CACHES QUELQUE CHOSE !
CES CHOSES-LÀ NE TE REGARDENT PAS !
UN JOUR, TU REPARTIRAS DANS TON MONDE...
ALORS TU N'AS NUL BESOIN DE TOUT SAVOIR !
JE N'AI RIEN À AJOUTER...

GRR...
...
C'EST LOGIQUE, MAIS...
TAP
TIENS, QUELQU'UN APPROCHE...
?!

TU... TU LE CONNAIS ?
IL PORTE UN MASQUE... ET IL EST COUVERT DE SANG !!
TOUT À FAIT ...
TAP
TAP
AH BON ?
TU AS DES AMIS PARTICULIERS...
TAP
TAP
TAP
IL DÉGAGE UNE ODEUR DE MORT !
POF
MAIS C'EST CETTE CHÈRE ALICE !
HEIN ?!
FUIT
CETTE VOIX...
ÇA FAISAIT LONGTEMPS !
CLAC
ENFIN, PAS SI LONGTEMPS QUE ÇA !
HÉ HÉ...
ACE ?!

POURQUOI TU PORTES CETTE TENUE SINISTRE ?!
EH BIEN...
C'EST MON BLEU DE TRAVAIL, EN QUELQUE SORTE !
ET CES TACHES...
EST-CE QUE C'EST... TON PROPRE SANG ?
BIEN SÛR QUE NON !
HA HA HA !
JE SERAIS UN VRAI MONSTRE, SI JE TENAIS UNE TELLE FORME APRÈS AVOIR PERDU AUTANT DE SANG !
TOUJOURS AUSSI INSOU-CIANT...
CELA DIT, IL FAUT AUSSI ÊTRE UN MONSTRE POUR RIRE GAIEMENT ALORS QU'ON EST COUVERT DU SANG DE SES VICTIMES...
J'AIDE JULIUS DANS SES AFFAIRES !
AH BON ?
AU LIEU D'ENTRER DANS LES DÉTAILS...
DONNE-MOI CE QUE TU AS RÉCUPÉRÉ !

TOUT DE SUITE !
TIENS, PRENDS-EN GRAND SOIN !
ジャラ
CLANG
?
JE PENSAIS...
QUE TU AIDAIS JULIUS À RÉPARER LES MONTRES...
NON, J'EFFECTUE LE BOULOT EN AMONT !
ACE !
TU NE PEUX VRAIMENT PAS TENIR TA LANGUE ?!
JE RETOURNE AU TRAVAIL...
ET TU FERAIS BIEN DE SUIVRE MON EXEMPLE ! TU N'AS PAS TERMINÉ TA MISSION, SI JE NE M'ABUSE !
QUEL SALE CARACTÈRE !
IL EST COMME ÇA DEPUIS TOUT À L'HEURE... IL REFUSE DE RÉPONDRE À MES QUESTIONS !

J'AI VU UN CADAVRE ET DES OMBRES NOIRES DEHORS... JE VOULAIS JUSTE SAVOIR CE QUE C'ÉTAIT, ET IL M'A EN-VOYÉE PAÎ-TRE !
...
OH... À CROIRE QU'IL N'A...
PSST...
PAS ENVIE QU'ALICE LE DÉTESTE...
COMMENT ?
RIEN, JE PENSAIS TOUT HAUT !
JE VAIS TE DIRE...
CE QUE SONT CES OMBRES...
ON LES APPELLE...
LES SILHOUETTES FANTÔMES !
J'AI DÉJÀ ENTENDU CE NOM...

"IL FAUT QUE JE M'EN DÉBARRASSE AVANT L'ARRIVÉE DES SILHOUETTES FANTÔMES..."
OUI, JE ME SOUVIENS... C'EST LE GARDE DU CHÂTEAU QUI M'EN A PARLÉ...
ELLES N'ONT PAS D'ENVE-LOPPE COR-PORELLE...
CE SONT DES SPECTRES ?
HA HA !
PAS EXAC-TEMENT !
DANS NOTRE MONDE, CE SONT DES CRÉATURES TRÈS ORDINAI-RES...
MAIS ALORS...
LA MONTRE QU'ELLES ONT EMPOR-TÉE... C'ÉTAIT QUOI ?
HI HI !
JE NE PEUX PAS T'EN DIRE PLUS !

C'EST UN SECRET, VOIS-TU... SI JE TE LE RÉVÈLE, JULIUS SERA FURIEUX !
CHUT !
JE NE PEUX PAS TOUT TE DIRE SUR LES SILHOUETTES...
NI SUR MA MISSION...
JULIUS EST MON AMI, ET JE NE LE TRAHIRAI PAS !
VOUS VOUS ENTENDEZ BIEN, TOUS LES DEUX, À CE QUE JE VOIS...
OUI, HEIN ? EN FAIT...
PARMI TOUS LES ACTEURS, C'EST LUI QUE JE PRÉFÈRE !
ALORS JULIUS AUSSI EST UN ACTEUR ?

DANS CE CAS...
ET TOI, ACE, TU ES UN ACTEUR ?
TU LE SAVAIS ?
NON, JE ME POSAIS JUSTE LA QUESTION...
EH BIEN OUI...
JE SUIS LE CHEVALIER DU CHÂTEAU DE CŒUR...
C'EST FOU !
LES ÉTRANGERS NE SONT PAS CENSÉS DEVINER...
J'AI ENFIN COMPRIS... CE TERME DÉSIGNE LES HABITANTS...
QUI JOUENT UN RÔLE IMPORTANT DANS CE PAYS !
CONTRAIREMENT AUX EMPLOYÉS DU CHÂTEAU...
LES ACTEURS ONT UNE PERSONNALITÉ PROPRE ET UN VRAI VISAGE...

J'AIMERAIS ÊTRE LIBRE...
JE DÉTESTE MON RÔLE ET MA MONTRE...
?
SI TU NE VEUX PLUS ÊTRE CHEVALIER, TU N'AS QU'À DÉMISSIONNER !
...
ALLEZ...
CLAC
FAUT QUE J'Y RETOURNE...
ACE ?
QUELQUE CHOSE NE TOURNE PAS ROND...

ENCORE TOI !
TU AS VU LES SILHOUETTES FANTÔMES ?
COMME TU AS PU LE CONSTATER...
LES HABITANTS DE CE MONDE NE PEUVENT PAS CONSERVER LEUR APPARENCE APRÈS LEUR MORT... IL NE RESTE PLUS QUE LEUR MONTRE, ET LES SILHOUETTES EN DISPOSENT...

OUI, J'AI VU...
ON AURAIT DIT UNE SCÈNE SURNATURELLE...
ELLES FLOTTAIENT AUTOUR DU MORT AVEC UNE FORME VAGUEMENT HUMAINE...
RIEN QUE D'Y PENSER, J'EN AI DES FRISSONS !
CE PROCESSUS EST INÉLUCTABLE...
ET IL FAIT PARTIE DES RÈGLES !
C'EST UN PRINCIPE AUQUEL ON NE PEUT SE SOUSTRAIRE...
JE NE SUIS PAS D'ACCORD AVEC CES RÈGLES !
D'ACCORD, CE N'EST QU'UN RÊVE...
MAIS TRAITER LES GENS DE CETTE MANIÈRE... C'EST IMMONDE !

MÊME LES PERSONNES QUE TU NE CONNAIS PAS ?
LÀ N'EST PAS LA QUESTION !
PERSONNE NE MÉRITE UN TEL SORT !
J'AURAIS TANT AIMÉ L'AIDER...
MAIS IMPOSSIBLE DE M'APPRO-CHER...
DONC TU N'ÉTAIS PAS SI PRESSÉE QUE ÇA DE LUI PORTER SECOURS...
CE N'EST PAS CE QUE JE VOULAIS DIRE !
JE SAIS...
CE N'EST PAS DE TA FAUTE SI TU N'AS PAS PU T'APPRO-CHER...
MAIS POURQUOI ÉTAIS-TU PARALYSÉE ?

JE N'EN SAIS RIEN ! ET N'ESSAIE PAS DE ME FAIRE CROIRE QUE TOI, TU IGNORES LA RÉPONSE !
VAS-Y, JE T'ÉCOUTE !
EXPLIQUE-MOI POURQUOI !!
ET CESSE DE ME REGARDER AVEC CET AIR SUFFISANT !
JE NE COMPRENDS RIEN À CE MONDE ! ÇA M'ANGOISSE !
FRR
...
POURQUOI TU GARDES LE SILENCE ?!
RÉPONDS-MOI !

GH...
BLURB
OUAH...
TU CRACHES DU SANG ?!
ARGH !
C'EST PARCE QUE TU M'AS EMPOIGNÉ VIOLEMMENT...
GH...
QU'EST-CE QUI T'ARRIVE ?!
JE SUIS DE CONSTITUTION FRAGILE...
JE CRACHE DU SANG AU MOINDRE CHOC...

HEEEEEEN ?!
UN DÉMON...
DE CONSTITUTION FRAGILE ?!
C'EST LA PREMIÈRE FOIS QUE J'ENTENDS ÇA !
LA HONTE...
C'EST VRAI QUE TU ES PLUTÔT PÂLICHON...
TU FERAIS MIEUX D'ALLER À L'HÔPITAL !
PAS QUESTION !
AH NON ? ET ON PEUT SAVOIR POURQUOI ?
J'AI HORREUR DES HÔPITAUX !
NON MAIS ÉCOUTEZ-LE ! UN VRAI BÉBÉ !
JE N'Y PEUX RIEN, J'AI PEUR DES PIQÛRES !
TU ES GROTESQUE, MON PAUVRE !

ヒョコ
HOP
ALICE !
MAMZELLE !
SURPRISE ! ON EST VENUS TE CHERCHER !
SLURP

♥5 In the Amusement Park

COMME PROMIS...
JE T'INVITE AU PARC D'ATTRAC-TIONS !
TRI-CHEUR !
ELLE DEVAIT D'ABORD REN-DRE VISITE AU CHAPELIER !
GRR...
LE CHEF EST SORTI, IL N'Y A PERSONNE AU MANOIR...
MISÈRE !
TU AS APPRIVOISÉ LES BLOODY TWINS ET LE CHAT DE LA FOIRE...
JE N'Y SUIS POUR RIEN...
DE QUOI, DE QUOI ? QU'EST-CE QUE J'EN-TENDS ?
HÉ HÉ...
TU ES JALOUX, HORLO-GER ?

ON PEUT BIEN TE L'EMPRUNTER UN PEU !
DÉJÀ QUE TU HABITES AVEC ELLE, TU VEUX VRAIMENT TE LA GARDER POUR TOI TOUT SEUL ?
JE SAIS !
TU N'AS QU'À NOUS ACCOMPAGNER !
TU POURRAS EN PROFITER POUR ALLER SALUER GOROUND...
NON MERCI...
TOUS CES MANÈGES BARBARES... TRÈS PEU POUR MOI !
AH...
JE VOIS !
TU AS UNE PEUR BLEUE DANS LES MONTAGNES RUSSES, C'EST ÇA ?
TU PÂLIS À VUE D'ŒIL...
SILENCE...

FUIT
FUIT
BON...
ON T'ENLÈVE ALICE POUR UN PETIT MOMENT !
BLAM
CES MÔMES SONT D'UNE INSOLENCE...
BLA
BLA

OU...
OUAAH...
LES BÂTIMENTS SORTENT TOUT DROIT D'UN CONTE DE FÉES...
COMME IL EST EN GUERRE CONTRE LA MAFIA ET LE CHÂTEAU, J'IMAGINAIS UN ENDROIT BEAUCOUP PLUS SANGLANT...
NAÏVE QUE JE SUIS...
?
C'EST BIEN L'INTÉRÊT D'UN PARC D'ATTRACTIONS, NON ?
JE REFUSE D'ADMETTRE QUE TOUTES CES MIÈVRERIES SORTENT DE MON ESPRIT !
BONJOUR À TOUS, MESSIEURS-DAMES !

SOYEZ LES BIENVENUS DANS LE JOYAU DE WONDERLAND !
NOTRE PARC D'ATTRACTIONS OCCUPE LA PLUS GRANDE SUPERFICIE DE TOUT LE PAYS !
LA GRANDE ROUE QUE VOUS POU-VEZ VOIR LÀ-BAS ET PATATI ET PATATA, NOTRE EXCEPTIONNEL GRAND HUIT BLA BLI BLA BLA...
BLA BLA BLA
BLA BLA
...
ILS SONT SURVOLTÉS... ET LEURS COSTU-MES SONT AUSSI EXCENTRIQUES QU'EUX...
ON DIRAIT DES ANTEN-NES...
TRÈS BIEN !
LE DIRECTEUR VOUS ATTEND ! SI VOUS VOU-LEZ BIEN NOUS SUIVRE...
NOUS AL-LONS VOUS CONDUIRE JUSQU'À LUI !
PAR ICI, JE VOUS PRIE !
NE VOUS PERDEZ PAS EN CHEMIN ! ☆

AH !
IL EST LÀ !
VOICI VOS INVITÉS, MONSIEUR LE DIRECTEUR !
AH !
TE VOILÀ ENFIN !
C'EST TOI, LA FAMEUSE ÉTRANGÈRE ?
MES HOMMAGES...
TU T'APPELLES BIEN ALICE ?
OUI, C'EST ÇA...
JE SUIS GOROUND, LE PROPRIÉTAIRE DE CE PARC !
ENCHANTÉ !

C'EST DONC LUI, MARY GOROUND...
DES CHEVAUX !
PFF...
?
UN PEU DE TENUE, IL RISQUE DE SE VEXER...
SURTOUT, NE PAS EXPLOSER DE RIRE...
M... MOI DE MÊME !
BON !
MAINTENANT QU'ON EN A FINI AVEC LES PRÉSENTATIONS...
CLAP
スチャ
JE VAIS...
JOUER UN PETIT MORCEAU EN TON HONNEUR !
ARGH !
??
PITIÉ !
TOUT MAIS PAS ÇA !

CRIIIN
CRIN
CRIN
CRIN
CRIN
CRIIIN
LA LA LA ! LA LAAA LA LA LA ! ♪
HIII...
C'EST INSUPPORTA-BLE !!

LA LA... TRA LA LA LA LA...
CRIIIN
CRIIIN
CRIIIN
CRIIIN
JE N'AI JAMAIS ENTENDU UNE TELLE CACOPHONIE !!!
TRA LA LA LA LA LA LA !♪
CRIIIN
MOI QUI ÉTAIS DÉJÀ SUR LE POINT DE VOMIR À CAUSE DES MAISON-NETTES MIGNONNETTES ET DES EMPLOYÉS SUREXCITÉS...
LA LA LA LA LA LA !♪
EXTASE
JE VAIS CRAQUER...
CRIN
CRIN
CRIN
STOOOP !

ÇA SUFFIT, MARY GOROUND !
ARRÊTE TOUT DE SUITE CE VACARME !!!
OUPS...
OUH LÀ LÀ...

...
BORIIIS ...
TU NE PEUX PAS T'EMPÊCHER...
DE BAVASSER DERRIÈRE MON DOS ?!
HÉ HÉ HÉ... C'EST SORTI TOUT SEUL... ♡
DE TOUTE FAÇON, LE MONDE ENTIER EST AU COURANT...
MÊME SI J'AVAIS GARDÉ LE SECRET, ELLE L'AURAIT APPRIS TÔT OU TARD !
...
TOUT ÇA...
C'EST DE SA FAUTE...

CE MAUDIT BLOOD DUPRÉ !!
C'EST LUI QUI EST ALLÉ LE CRIER SUR TOUS LES TOITS !
LA PROCHAINE FOIS QUE JE LE CROISE, JE LUI RÈGLE SON COMPTE UNE BONNE FOIS POUR TOUTES !
GROOO
TU NE PERDS RIEN POUR ATTENDRE, CHAPELIER !!
OOOOO
COMME TU PEUX LE VOIR, IL A LA RANCUNE TENACE...
GROOOO
UNE FOIS QU'IL EST LANCÉ, IL EN A POUR UN MOMENT...
FILONS...
VIENS, ON VA FAIRE LE TOUR DU PARC SANS LUI !
GROOOOO

TIENS ?!
AH...
OH !
QUAND ON PARLE DU LOUP...
COUCOU, BOSS !
Y A MÊME LE LAPINOU...

QU'EST-CE QU'ILS VIENNENT FAIRE DANS LE COIN ?
BOSS !
LA COURSE QUE VOUS AVIEZ À FAIRE, C'ÉTAIT ICI ?
OUI...
J'ÉTAIS LOIN DE ME DOUTER QUE JE VOUS TROUVERAIS LÀ, D'AILLEURS...
VOUS TIREZ ENCORE AU FLANC ?!
GRR... GRR...
FICHE-NOUS LA PAIX, PINPIN !
ON PEUT BIEN PRENDRE UN JOUR DE CONGÉ, DE TEMPS EN TEMPS !
DE CONGÉ ?! MAIS VOUS N'ÊTES JAMAIS À VOTRE POSTE !
EUH...
HEIN ?
HÉ HÉ HÉ...
BIEN SÛR QUE NON !
VOUS ÊTES VENUS FAIRE UN TOUR DE MANÈGE ?
CE SERAIT UNE DRÔLE D'IDÉE DE VENIR S'AMUSER EN PLEIN TERRITOIRE ENNEMI...
MÊME SI ÇA N'A PAS L'AIR DE TROP GÊNER NOS DEUX GARDES...
MAIS...
QU'EST-CE QUI VOUS AMÈNE, ALORS ?!

JE VIENS POUR AFFAIRES...
JE VAIS PROPOSER AU DIRECTEUR D'ACHETER UN TERRAIN QUE NOUS AVONS ACQUIS RÉCEMMENT...
À L'ORIGINE, CE TERRAIN APPARTENAIT AU PARC, BIEN ENTENDU...
OUAH...
C'EST DÉLOYAL ! VOILÀ BIEN DES MÉTHODES DE MAFIEUX...
VOUS VOUS ÊTES DÉPLACÉS POUR RIEN !
JE VOUS CONSEILLE DE REMETTRE VOTRE PETITE NÉGOCIATION À PLUS TARD...
LE PROPRIÉTAIRE EST D'UNE HUMEUR MASSACRANTE !
IL T'EN VEUT TOUT PARTICULIÈREMENT, CHAPELIER...
AH, BLOOD... TU AS L'ART DE TE FAIRE DÉTESTER !
TRÈS BIEN, JE ME RETIRE...
J'AI HORREUR DES SCÈNES ...
JE PRÉFÈRE REVENIR PLUS TARD, MÊME SI C'EST PÉNIBLE, QUE DÉCLENCHER UN PUGILAT !
OUI, IL ÉTAIT VRAIMENT HORS DE LUI...
VOUS FERIEZ MIEUX DE QUITTER LES LIEUX SUR-LE-CHAMP...
TAP

GOROUND ?!
SALUT, CHAPELIER ! ÇA FAISAIT UN BAIL !
TU ES VENU NÉGOCIER UN TERRAIN ?
HÉ HÉ !
MERCI D'AVOIR FAIT TOUT CE CHEMIN !
TIENS ?
IL A RETROUVÉ SA BONNE HUMEUR ?
J'AI HÂTE D'ENTAMER LES POURPARLERS...

AVEC...
CLAC
TON CADAVRE !
SHHH
!
SON VIOLON S'EST CHANGÉ EN FUSIL ?!
BLAM

PFF...
TU AS LE CULOT DE RESTER IMPASSIBLE...
TU AS VRAIMENT LE DON DE ME PORTER SUR LES NERFS !
LE PROPRIO A ENCORE TIRÉ LE PREMIER ...
ÇA VA BARDER !
CLAC
ガチャ
IL NE SAIT VRAIMENT PAS SE MAÎTRISER !
10/6

ORDURE !
TU OSES T'EN PRENDRE À BLOOD ?!
BLAM
BLAM
TAP
TING
TING
ON ATTAQUE LE DIRECTEUR !
PROTÉGEZ LE PATRON !!
CLAC
CLAC
OH NON, UNE FUSILLADE !
QUEL ENNUI...
AAAAAH !!
BLAM
BLAM
BLAM

AAAH !
LES BRAS M'EN TOMBENT...
...
AAAH !
ILS SE TIRENT DESSUS EN PLEINE FOULE...
BLAM
ILS SE MOQUENT DE TOUCHER LES VISITEURS ?!
BLAM
ZIP
BLAM
CRIC
HIII !
CLANG

BLAM
BLAM
RAAH !
BLAM
IL EST TROP FORT POUR NOUS !
FUYONS !!
LES FUSILS, C'EST LA CLASSE !
C'EST BEAUCOUP PLUS PUIS-SANT QUE NOS PISTO-LETS...
FUIIIT
BON...
HAN
HAN
IL S'EST BIEN DÉFOULÉ, J'ESPÈRE QU'IL EST CALMÉ...
ALORS, MARY ?
DÉJÀ FINI ?
HEIN ?!

JE SUIS DÉÇU, MARY...
TU N'ES PLUS TOUT JEUNE, MARY...
TU N'AS PLUS ASSEZ D'ÉNERGIE POUR MANIER UN TEL ENGIN...
PAS VRAI, MARY ?
BLOOD !
JE RÊVE ?! IL JETTE DE L'HUILE SUR LE FEU !
MON PAUVRE VIEUX...
CE N'EST PAS TOUS LES JOURS FACILE DE S'APPELER MARY GOROUND...
CRIC
...

TU AS GAGNÉ, JE SUIS FOU DE RAGE !!
JE ME RETENAIS POUR NE PAS ME MONTRER TROP VIOLENT DEVANT ALICE...
CLING !!
MAIS DORÉNAVANT, JE SERAI SANS PITIÉ !
BLAM
CREVEZ TOUS !
BLAM
POF
TAP
COURS !
BLAM
BLAM
BLAM

PFF...
OUF...
ON L'A ENFIN SEMÉ...
MAIS POURQUOI L'AVEZ-VOUS PROVOQUÉ AINSI ?
VOUS PRÉTENDIEZ DÉTESTER LES SCÈNES DE CE GENRE...
C'EST VRAI, MAIS JE DÉTESTE ENCORE PLUS M'ENNUYER...
SANS COMPTER QUE J'AI CRÉÉ UNE BONNE OCCASION DE M'ENFUIR AVEC TOI !
かああああっ
FSSSH

QUEL POSEUR... À CHAQUE FOIS, IL M'EMBOBINE AVEC SES BELLES PAROLES...
JE NE LE CONNAIS PAS ASSEZ...
POUR Y VOIR CLAIR DANS SON JEU...
TOUT CE QUE JE SAIS...
C'EST QUE C'EST LE CHEF DE LA MAFIA... ET QU'IL A BEAU ÊTRE LE PORTRAIT CRACHÉ DE MON ANCIEN PETIT AMI, ILS N'ONT RIEN EN COMMUN...
JE NE VOIS PAS OÙ IL VEUT EN VENIR...
ON A COURU LONGTEMPS...
JE SUIS ÉPUISÉ...
HAN

JE VAIS RENTRER ET ME SERVIR UN BON THÉ POUR ME REMETTRE DE CES ÉMOTIONS...
VOUS AIMEZ LE THÉ ?
OUI, BEAUCOUP !
C'EST MA BOISSON FAVORITE...
CE PARFUM DÉLICAT...
CETTE SAVEUR CORSÉE QUI SE CACHE DERRIÈRE UNE APPARENTE LÉGÈRETÉ...
JE POURRAIS EN BOIRE DES LITRES !
IL A L'AIR HEUREUX D'EN PARLER...
MOI AUSSI, J'ADORE LE THÉ...
J'EN BOIS SOUVENT AVEC MA SŒUR...

ON M'A AUSSI PROPOSÉ UN THÉ QUAND JE SUIS ALLÉE AU CHÂTEAU DE CŒUR...
IL ÉTAIT DÉLICIEUX !
C'EST LA REINE QUI TE L'A OFFERT ?
OUI...
C'EST VIVALDI...
JE VOIS...
...
TIENS ?
LE VOILÀ MUET COMME UNE CARPE, TOUT À COUP...
J'AI DIT QUELQUE CHOSE QUI L'A CONTRARIÉ ?

C'EST PEUT-ÊTRE PARCE QUE J'AI MENTIONNÉ...
LE CHÂTEAU ?
DIS-MOI...
TU N'ES JAMAIS VENUE DANS MON MANOIR...
NON...
JE VAIS ORGANISER UN THÉ EN TON HONNEUR !
JE TE FERAI GOÛTER DES BREUVAGES ENCORE PLUS SAVOUREUX QUE CEUX DU CHÂTEAU...
!
BAM

IL M'ARRIVE DE CONVIER D'AUTRES ACTEURS À PRENDRE LE THÉ AVEC MOI...
MAIS LA PLUPART DU TEMPS, JE N'INVITE QUE LES PERSONNES QUI ME PLAISENT...
TU VIENDRAS ?
IL ME PARLE SUR UN TON TRÈS DOUX...
ET POURTANT, IL ME FAIT PEUR...
EUH... JE DOIS D'ABORD EN PARLER À JULIUS...
TAC
!

JE TE LE DEMANDE À NOUVEAU...
TU VIENDRAS ?
ESSH
...
C'EST ÇA, LA VRAIE NATURE DE BLOOD ?
D... D'ACCORD !
PARFAIT !
JE NE T'AURAIS PAS LÂCHÉE JUSQU'À CE QUE TU ACCEPTES !
FUIT
...

AH, LES VOILÀ !
ON LES A RETROUVÉS !
BOSS !
ALICE !
BLOOD ! TU N'AS RIEN ?
NON, ÇA VA...
OÙ EST GOROUND ?
QUEL TEMPS MAGNIFIQUE ! HEIN, BORIS ?
IL PENSE À CARRÉMENT AUTRE CHOSE...
IRRÉCUPÉRABLE...
IL S'EST DÉCHAÎNÉ UN BON COUP, PUIS IL S'EST CALMÉ...
MAIS ÇA REPARTIRA DE PLUS BELLE S'IL VOUS CROISE, CHEF !
PUISQUE VOUS VOUS AMUSEZ À LE TITILLER...
BON...
JE VAIS DEVOIR REMETTRE MA PROPOSITION À PLUS TARD...

RENTRONS, ELLIOT...
OK !
À LA PROCHAINE, ALICE !
LES GARDES, VOUS RENTREZ AVEC NOUS !!
MAIIIS ...
IL N'Y A PAS DE MAIS !!
ENCORE AGRIPPÉS À SES JUPONS ?!
OH NON...
ON VEUT ENCORE JOUER AVEC ALICE !
LA MANIÈRE FORTE
SALE LAPINOU...
ON SE VENGERA !
ALICE...
N'OUBLIE PAS...
QUE JE T'ATTENDS POUR LE THÉ...
PROMIS...
À BIENTÔT !

DANS CE MONDE, TOUS LES HOMMES SONT CENSÉS TOMBER AMOUREUX DE MOI...
JE NE SAIS PAS SI C'EST VRAIMENT LE CAS, MAIS...
SI BLOOD PENSAIT SINCÈREMENT CE QU'IL DISAIT...
EN TOUT CAS, IL NE ME DÉTESTE PAS...
DIS, BLOOD...
JE TE VOIS SOUVENT AVEC ALICE...
TU T'ES RÉELLEMENT ÉPRIS D'ELLE ?

DISONS SIMPLEMENT QU'ELLE ME PLAÎT...
LES ÉTRANGÈ-RES SONT DES DENRÉES RARES... J'AI ENVIE DE LA GARDER PRÈS DE MOI...
ET QUAND JE ME SERAI LASSÉ D'ELLE...
JE N'AURAI QU'À LA TUER !

Special Thanks!!
OMI
NAHORU
CHEF JENNY
MAKIKO
HITOSHI ICHIMURA (MON MAÎTRE !)
QUINROSE, QUI A TOUT SUPERVISÉ
MA RESPONSABLE D'ÉDITION, Mme INOUE
And You!!

Déesse et collégienne ?
Le début des ennuis !
© 2005 Besame Mucho / Aniplex Inc.
© Hanaharu Naruko / ASCII MEDIA WORKS
Kamichu !
Kamichu ! 1
Kamichu ! 2
Editions Ki-oon
www.ki-oon.com

LA NOUVELLE SAGA FANTASY DE SQUARE ENIX
© ichtys / SQUARE ENIX
Superior
Superior 1 ichtys
Superior 2 ichtys
Superior
Editions Ki-oon
www.ki-oon.com

VAMPIRE CHRONICLES
LA LÉGENDE DU ROI DÉCHU
Le mythe du vampire revisité
par Square Enix !
© Kyo Shirodaira, Yuri Kimura / Square Enix
Editions Ki-oon
www.ki-oon.com

BITTER VIRGIN
© Kei Kusunoki / SQUARE ENIX
Un manga sensible et poignant pour une histoire d'amour douce, amère et pas comme les autres…
Editions Ki-oon
www.ki-oon.com

Titre original :
HEART NO KUNI NO ALICE - Wonderful Wonder World, vol. 1

First published in Japan in 2008 by MAG Garden Corporation
French translation rights arranged with MAG Garden Corporation
through Tuttle-Mori Agency, Inc, Tokyo

Édition française

Traduction :
Fédoua Lamodière

Adaptation graphique :
Ki-oon

ISBN : 978-2-35592-155-1
Dépôt légal : avril 2010
Achevé d'imprimer en France par CPI Aubin Imprimeur